Monika Detering

Sagen und Legenden aus Westfalen

Impressum

Monika Detering
Sagen und Legenden aus Westfalen

5. Auflage 2024

Regionalia Verlag,
ein Imprint der Kraterleuchten GmbH,
Gartenstraße 3, 54550 Daun

Titelbild (Dörenther Klippen, Ibbenbüren/Tecklenburg): iStock.com/Christian Dahlhaus
Illustrationen: iStock.com/VeraPetruk
Gestaltung, Satz, Umschlag: Björn Pollmeyer

Hergestellt in der Europäischen Union, Finidr, CZ

MIX
Papier aus verantwortungsvollen Quellen
FSC® C014138

ISBN 978-3-95540-355-3
www.regionalia-verlag.de

Monika Detering

Sagen & Legenden aus Westfalen

REGIONALIA
VERLAG

Inhalt

Vorwort

Was für ein Land! Westfalen, einst ein Königreich durch Napoleons Begünstigungen. Bis 1815 existierten ungefähr 23 selbstständige Herzogtümer, aber auch Grafschaften, Ämter, Fürstentümer und Städte. War Westfalen einmal Teil des frühmittelalterlichen Herzogtums Sachsen, so wurde es am Ende des 12. Jahrhunderts weitgehend kurkölnisch.

Der Urstamm der Bevölkerung Westfalens ist so verschieden wie diese Gegend – Kultur, Charakter und seine Sitten gehen weit auseinander. Manche Geschichten ließen sich mit den heutigen Grenzen nicht genau einordnen. So habe ich mich an jene gehalten, die vor vielen Jahren zu Westfalen gehörten.

Die Wurzeln von Sagen und Legenden führen weit zurück in Zeiten, die von Glauben und Intuition geprägt waren. Sie hatten eine wichtige Funktion im Alltag der Menschen vor vielen hundert Jahren, sie wurden erzählt und weitergegeben. Es gibt genügend Geschichten, die sich in veränderter Form ebenso in anderen Teilen Deutschlands wiederfinden. Sagen sind – anders als Märchen – Geschichten, die sich um reale Geschehnisse ranken. Fantasievoll ausgeschmückt, mit wunderbaren und fantastischen Elementen versehen, aber sprachlich einfach gehalten. Da es an Wissen um rationale Erklärungen mangelte, wurden Sagen mit Fantasie und Übernatürlichem angereichert. Gerade für das einfache Volk, das weder schreiben noch lesen konnte, waren diese Geschichten von hohem Unterhaltungs- und Informationswert.

Je tiefer ich mich in die Sagen und Legenden der Westfalen ›eingrub‹, umso mehr fand ich. Was gibt es nicht alles allein zu Widukind. Zu Hexen, Hollen und Geistern.

Ich habe versucht, den heute wichtigsten Gegenden Westfalens eine Stimme in Form dieser Geschichten zu geben. Um die altertümliche Sprache besser zu verstehen, habe ich diese neu erzählt. Die verwendete Literatur finden Sie im Anhang.

Machen Sie es wie früher. Setzen Sie sich gemütlich hin, mit Kindern und Enkeln, und lesen Sie vor, wie die Westfalen entstanden, was das Fegefeuer mit dem westfälischen Adel machte und so manch anderes mehr.

Bielefeld, im Frühjahr 2016

Monika Detering

Westfalen – vom Mittelalter bis zum 19. Jahrhundert

Auch das ist Westfalen

Der westliche Teil des alten Sachsenlandes um Sieg, Ruhr, Lippe bis zur Ems gehörte ursprünglich zum Herzogtum Sachsen. Zu diesem gehörten auch Engern und Ostfalen, die sich an der Weser und östlich bis zur Elbe erstreckten. Bei der Auflösung des Herzogtums Sachsen, nach der Ächtung Heinrichs des Löwen 1180, verloren sich die Namen Engern und Ostfalen; der Name Westfalen erhielt sich für das Gebiet der Ruhr und Lippe bis zur Berkel im Norden und umfasste auch den Gau Engern, das spätere Sauerland.

Das Königreich Westfalen (Westphalen)

Wurde von Napoléon Bonaparte nach dem Frieden von Tilsit per Dekret vom 18. August 1807 für seinen jüngsten Bruder Jérôme geschaffen. Das bis dahin kurhessische Kassel wurde Hauptstadt. Ein Jahr später wurde die Leibeigenschaft aufgehoben. Geographisch deckte sich das Königreich nur zum Teil mit der späteren preußischen Provinz Westfalen. Wirklich westfälische Gebiete, also mit einer westfälisch sprechenden Bevölkerung, lagen nur im äußersten Westen des Königreichs. Bis zu seinem Ende zählten hierzu diese vorher preußischen Gebiete: die ehemaligen Fürstbistümer Paderborn und Osnabrück, die Grafschaft Ravensberg (bis 1810 vollständig) und das Fürstentum Minden.

Königreich Westphalen (französisch: Royaume de Westphalie): Die zeitgenössische Schreibweise mit ph wird in der Geschichtswissenschaft zur Unterscheidung von der Landschaft Westfalen sowie dem früheren Herzogtum Westfalen und der späteren Provinz Westfalen verwendet.

Die Provinz Westfalen

War von 1815 bis 1918 eine Provinz des Königreichs Preußen und in den Jahren 1918 bis 1946 eine Provinz des Freistaates Preußen. Nach dem Wiener Kongress wurde der Staat Preußen durch die Verordnung wegen verbesserter Einrichtung der Provinzialbehörden vom 30. April 1815 in zehn Provinzen eingeteilt, eine davon war Westfalen. Provinzialhauptstadt wurde Münster. In der neuen Provinz waren zahlreiche ehemals eigenständige Territorien mit unterschiedlichen Traditionen und Konfessionen zusammengelegt. Zwar entwickelte sich allmählich eine Art gemeinsames ›Westfalenbewusstsein‹, aber die inneren Unterschiede blieben dennoch bestehen. Dies gilt für die verschiedenen Lebenswelten im industrialisierten, städtischen Westfalen und dem landwirtschaftlichen, dörflichen Westfalen.

Es existiert im 20. Jahrhundert kaum noch eine eigenständige westfälische Geschichte und während der Nazizeit wurde die Provinz politisch angepasst.

Hexen, Hexenverfolgungen

Hatten in Westfalen mit Hexen, Teufeln, Geistern und Hollen eine ziemlich große Bedeutung, die sich in vielen Sagen niederschlug. Noch im 15. Jahrhundert waren sie tief in den Vorstellungen breiter Bevölkerungsschichten verankert. Besonders auch Hexen, die einen sehr realen Hintergrund haben.

Der Glaube an Hexen war weit verbreitet und erreichte im 16. und 17. Jahrhundert seinen Höhepunkt. In der Grafschaft Lippe sowie in Lemgo (Hexenbürgermeisterhaus) fielen über 400 Personen den Hexenverfolgungen zum Opfer. In dieser Stadt fand hauptsächlich die Verfolgung zwischen 1509 und 1681 statt. Die der Hexerei Angeklagten waren ungefähr zu 80 Prozent Frauen. Unter der Folter wurde ihnen ein Geständnis abgezwungen. Ihr Todesurteil war meistens die Hinrichtung durch das Verbrennen auf dem Scheiterhaufen. Als einzige lippische Stadt erhielt Lemgo die Blutgerichtsbarkeit vom Landesherrn Simon VI. verliehen. Damit hatte die Stadt das Recht, bei bestimmten Straftaten über das Leben und den Tod seiner Bürger zu entscheiden. Lemgo gehörte innerhalb Deutschlands zu den Orten, in denen die Hexenprozesse besonders intensiv geführt wurden.

Die letzte Angeklagte in Lemgo war Maria Rampendahl. Sie widerstand der Folter und legte kein Geständnis ab. Laut einem Universitätsgutachten wurde sie aus der Stadt und dem Land gewiesen. Sie verklagte danach die Verantwortlichen vor dem Reichskammergericht. Das Verfahren endete am 30. Oktober 1682 mit einer Niederlage für Maria Rampendahl. 1994 wurde für sie ein Denkmal an der Kirche St. Nicolai in Lemgo errichtet. Sie ist außerdem das einzige Prozessopfer, nach dem eine Straße in Lemgo (Rampendal) benannt wurde.

Wie der Westfale entstand

Der erste Westfälinger

Als Christus noch auf Erden wandelte, kam er eines schönen Tages zusammen mit St. Peter auch nach Westfalen. Damals gab es hier nur riesige Eichenwälder, in denen Schweine hausten. Aber selbst in diesem Urzustand bot das Land durchaus liebliche Gegenden, deren Reize sich erst entfalten mussten, dann, wenn die ordnende Hand der Menschen eingriff und das Chaos beseitigte. St. Peter entging dies nicht. Deshalb bat er den Herrn, Westfalen nun auch mit Menschen zu bevölkern. Er meinte, diese würden hier gut gedeihen, weil die sich selbst erhaltende Schweinezucht ihnen nicht nur ausreichende, sondern mit dem schon den alten Römern als Leckerbissen bekannten westfälischen Schinken auch eine sehr schmackhafte Nahrung liefern würde. Christus aber wollte nicht gleich diesem Wunsch entsprechen. Er fürchtete, dass die Menschen ebenso ungeschlacht wie das Land werden würden. Der Jünger hörte nicht auf mit seinen Bitten und endlich ließ sich der Herr erweichen und sagte: »Nun, ich will dir deinen Wunsch erfüllen, aber du wirst schon sehen!«

So gesagt, trat der Herr den vor ihm liegenden Schweinekot mit dem Schöpfungsworte aus dem Weg: »Werde ein Mensch!«

Und siehe, es geschah, wie er es gesagt hatte. Der schmutzige Kot belebte sich plötzlich und formte sich zu einer Menschengestalt. Als trotziger starker Mann erhob diese sich von der Erde und fuhr den Herrn mit ungeschlachten Worten an: »Wat stött he mi!«

St. Peter sah zu seinem Bedauern, dass der Meister wie so oft recht gehabt hatte. Es dauerte noch viele Jahrhunderte, ehe die Nachkommen jenes ersten Westfälingers sich der sanften Lehre ihres Schöpfers zuwandten. Aber auch dann blieb ihnen die alte Vorliebe für Schweine und Schinken. Selbst der alte westfälische Meister, der das schöne Glasgemälde in der Wiesenkirche zu Soest schuf, das das letzte Abendmahl zeigen sollte, stellte statt des Osterlamms einen Schinken auf die Tafel.

Die Westfalen

Als der Satan einst vor vielen Jahren vor den Herrn trat, fragte ihn dieser, woher er denn käme. Dieser antwortete, er habe sich auf der Erde herumgetrieben. Da fragte der Herr: »Hast du auch das Westfalenvolk gesehen, das harte, unbekehrbare und allen Gläubigen so lästige?«

Satan lachte. »Das habe ich wohl gesehen, o ja. Wenn du es nicht willst, gib es mir und dieses Volk wird dir nie mehr zur Last fallen.«

»Ich gebe es dir unter der Bedingung, dass du es endlich aus der Welt schaffst.«

Vergnügt ging Satan seiner Wege und bereitete einen großen Sack vor. In diesen stopfte er alle Westfalen und flog damit durch die Luft, um diese Geschöpfe aus der Welt zu schaffen.

Aber den Westfalen wurde der Flug durch die Luft äußerst verdächtig. Sie begannen zu schimpfen, zu knurren und bereiteten ihrem Träger so viel Last, dass er vor Müdigkeit den Sack auf einem Berg absetzen musste. Kaum fühlten sie wieder festen Boden unter sich, zerrissen sie den Sack und flohen davon. Keiner von ihnen dachte noch an seinen Nächsten. So kam es, dass die Westfalen in alle Welt zerstreut wurden.

Als Satan wieder einmal zum Herrn kam, machte dieser ihm Vorwürfe. »Nun? Was hast du tun wollen? Ich habe dir die Westfalen gegeben, damit du sie aus der Welt fortschaffst. Aber im Gegenteil – du hast sie in alle Himmelsrichtungen verstreut!«

»Ach Herr! Du kennst doch das Volk, du weißt, wie hartnäckig es ist. Weder auf mich noch auf dich will es hören. Schau, ich gebe es dir wieder zurück und mach du mit ihm, was du willst.«

Das Wort ›Westfalen‹ besitzt eine ethnische und auch eine räumliche Bedeutung. Im früheren Mittelalter steht zunächst die eine, später die andere im Vordergrund. Die Westfalen werden zusammen mit Engern und Ostfalen bzw. Ostsachsen als Untergruppe der Sachsen erstmalig im Jahr 775 im Zusammenhang mit dem zweiten großen Einfall Karls des Großen nach Sachsen erwähnt. Dennoch meinte ein Großteil der älteren Forschung, diese Dreiteilung der Sachsen in ›Heerschaften‹, Aufgebotsverbände, sei wesentlich älter gewesen und habe bereits im 6. Jahrhundert bestanden, als die Sachsen von der Nordseeküste aus nach Süden vorgestoßen seien.

Ostwestfalen-Lippe

Der Name Bielefeld

Über den Ursprung des Namens ist viel gerätselt worden. Früher soll die Gegend sehr waldig gewesen sein. Als die Stadt erbaut wurde, so sagt man, wurde dieser Wald mit Bielen (Beilen) gefällt. Daher soll der Name stammen. Andere wiederum sagen, das Bild des Waldgottes Biel habe genau in dem Feld gestanden, in dem die Stadt angelegt wurde, daher nannte man sie Bielevelde.

Die Volkssage erzählt: Als das Stadttor gebaut wurde, fiel einem Arbeiter plötzlich das Beil hin. Damit keiner zu Schaden kam, schrie er: »Dat Biel, dat fällt!«, und daher stamme der Name. Aber dies stimmt so nicht.

In dem Feld, wo sich heute die Stadt befindet, lagen drei Waldhöfe. Sie wurden die Bieler Höfe genannt und diese waren der Anfang der Stadt. Als sie sich in dem Bieler Felde ausbreitete, nannte man sie Bielevelde. Daraus entstand der Name ›Bielefeld‹.

Ursprünglich ist der Name Bielefeld ein Flurname und älter als die Stadt: 1150 Bylivelt, 1015 Bilivelde.

Der Wirt von Bielefeld

Während eines Krieges lagen bei einem Wirt zu Bielefeld in der Grafschaft Lutterbach (im westfälischen Regierungsbezirk Minden) vier Soldaten im Quartier. Sie schienen des Nachts viele Geschäfte zu erledigen und kamen meist erst am frühen Morgen heim. Es waren vier Erzspitzbuben, was auch der Wirt bemerkte. Weil er dachte, er würde wenig oder nichts gewinnen, wenn er sie anzeigte, schwieg er. Durch sein zustimmendes Lächeln gab er ihnen zu verstehen, dass sie nichts durch ihn zu befürchten hätten, er würde sie nicht verraten.

Die uniformierten Diebe wurden vertraulich und schlugen dem Wirt vor, wenn er bei ihren nächtlichen Streifzügen als Schildwache dienen würde, bekäme er von ihnen den fünften Teil der Beute.

»Die Sache lässt sich hören!«, freute sich der listige Wirt. »Mitgehen will ich wohl. Aber etwas nehmen, was mir nicht gehört, das will ich nicht .« Nur wenn er etwas von ihnen geschenkt bekäme, würde er es annehmen. Die Soldaten bewunderten die Gewissenhaftigkeit des Wirts, lobten ihn lachend, nannten ihn ihren lieben Kameraden und er stand lange Zeit bei ihren Einbrüchen als Schildwache zur Verfügung.

Aber in einer Nacht wurde die ganze Gesellschaft gefangen genommen und sollte gehenkt werden. Dies war in Bielefeld Sitte und Recht, aber den Soldaten und dem Wirt war es gar nicht recht. Jene, die bei der Tat ergriffen wurden, konnten schlecht leugnen. Und der Wirt tat sein Möglichstes, um sich vom drohenden Galgen freizureden. Er glaubte, er könne seine Unschuld mit den Worten beweisen: »Ich bin ja gar nicht zum Stehlen mitgegangen, sondern bloß, um mitzugehen!«

Die Richter lächelten und schwiegen. Als aber der Tag kam, an dem die vier Soldaten gehenkt werden sollten, da ging der Gerichtsdiener, um auch den Wirt aus dem Turm zu holen.

»Was wird mein Schicksal sein?«, rief dieser ihm erwartungsvoll entgegen.

»Mitgegangen, mitgefangen, mitgehangen«, erwiderte der Gerichtsdiener. Zwei Stunden später hing der Wirt als ziemlich schwankender Beweis für die Gültigkeit dieses Sprichworts bei seinen vier Diebeskameraden am Galgen.

In Bielefeld kursiert aber seitdem ein vieldeutiges Sprichwort, das da lautet:

»Er geht mit wie der Wirt von Bielefeld.«

Bielefeld auf Ostwestfälisch auch Builefeld, Beilefeld oder Builefeild – gibt es trotz vieler Unkenrufe, dass es die Stadt nicht gäbe. Diese Aussage entstand aus einem satirischen Beitrag des Informatikers Achim Held, der 1994 im Internet die Existenz der Stadt anzweifelte und ihre Vortäuschung als Verschwörung bezeichnete. Immer aber noch hält sich der Scherz in Form der erstmals formulierten Antwort hierauf als Aussage von Jörg Pechau: »Bielefeld gibt es nicht.«

Dabei ist Bielefeld die größte Stadt der Region Ostwestfalen-Lippe und deren wirtschaftliches Zentrum.

Zuerst wurde Bielefeld Mitte des 9. Jahrhunderts erwähnt, als dem Kloster Corvey ein Mansus in Bylanuelde übertragen wurde, und als Stadt erstmals so im Jahr 1214 bezeichnet. Bielefeld gehörte zu den zahlreichen Stadtgründungen des Hochmittelalters. Am Nordende eines Quertals des Teutoburger Waldes gelegen, sollte die Kaufmannsstadt den Handel in der Grafschaft Ravensberg fördern, deren größter Ort sie wurde. Bielefeld war lange Zeit das Zentrum der Leinenindustrie. Heute ist die Stadt ein Standort der Nah-*

rungsmittelindustrie, von Handels- und Dienstleistungsunternehmen, der Druck- und Bekleidungsindustrie und des Maschinenbaus. Überregional bekannt sind ihre Universität, die v. Bodelschwinghschen Stiftungen Bethel, die Dr. August Oetker KG, das Theater Bielefeld sowie der Fußballverein Arminia Bielefeld.

---

* Eine Manse ist ein mittelalterliches Flächenmaß. Der Begriff tauchte erstmals im 7. Jahrhundert als mansus auf und wurde ab dem frühen 8. Jahrhundert synonym zum im ostrheinischen Teil des Frankenreiches gebräuchlichen Hufe verwendet. Der Name kommt wahrscheinlich von lateinisch mancipium, ›Besitz‹, von manus + capio, das heißt mancipo, ›ich gebe zu eigen‹, oder von mansio, ›Haus‹.

Der Schmied von Bielefeld

In Bielefeld lebte vor langer Zeit ein Schmied, der seine Kunst wie kein anderer verstand. Dennoch wollte sich der Mann nicht mit dem begnügen, was er leistete und konnte. Immer wieder ersann er Neues und wollte sich zuletzt mit dem Teufel verbünden, um ganz und gar in den Besitz aller geheimen Künste zu kommen. Durch dieses Bemühen kam er in Verruf, und zwar in der Weise, dass der heilige Petrus, als er aus dem Himmel in das Land hinuntermusste und fand, dass seinem Pferd die Hufeisen klapperten, die Gelegenheit nutzte, die Bekanntschaft des kunstreichen Schmiedes zu machen. Als das Ross des Heiligen neu beschlagen war und Petrus nach dem Lohn fragte, meinte der Schmied, dass er Geld nicht unbedingt nötig habe, aber er würde einen Beutel besitzen, aus dem sein Geld stets verschwinden würde. Der Heilige solle ihm diesen Beutel segnen, damit nichts mehr ohne seinen Willen verschwinden könne. Da Petrus lieber den Segen als Geld hergab, holte der Schmied wirklich einen großen Sack hervor, der gesegnet wurde.

Niemand weiß, wie lange sich der Schmied noch des Lebens freute. Es währte aber so lange, bis eines Morgens der Vertrag mit dem Teufel abgelaufen war. Dieser kam, um den Schmied zu holen.

Der aber sagte, dass er es nicht nötig habe, die Türe zu öffnen, er möge doch durch das Schlüsselloch kommen. Also sauste der Teufel dadurch und fand sich aber leider in dem geweihten Sack gefangen. Wie sehr er sich auch abmühte, er konnte weder den Sack auseinanderreißen noch sich aus diesem befreien.

Der Schmied fand das lustig, fasste den Sack mit einer scharfen Zange und bearbeitete ihn mit seinem Hammer auf dem Amboss dermaßen, dass der Teufel vor Schmerzen hell aufschrie. Er versprach ihm alles, was er zu leisten fähig war, er bat den Schmied inständig, dass er mit den Schlägen aufhören und ihn aus dem Sack herauslassen solle. Der Schmied aber wollte nur seinen Vertrag aufgelöst haben und bestand so lange darauf, bis der Teufel ihm diesen aus dem Sack heraus reichte, den er zum Vorweisen mitgebracht hatte. Jetzt hielt der Bielefelder seinen Sack wieder gegen das Schlüsselloch und ließ den Teufel hinausfahren. Der war dermaßen zugerichtet, dass er nie mehr daran dachte, die Schmiede zu besuchen. Auch mochte er dem Schmied, als der im hohen Alter starb, kein Plätzchen in seiner Hölle freimachen, so sehr fürchtete er sich vor ihm. So gab es für den Schmied aus Bielefeld keinen anderen Platz als den im Himmel.

Für den Schmied gab es einen Platz im Himmel – aber auch heute noch gibt es Schmiede in der Stadt. Für einen Ausflug lohnt sich auch das Bauernhausmuseum an der Dornberger Straße 82.

Sie können hier das ländliche Leben in der Zeit um 1850 kennenlernen. Mittelpunkt des Museums ist das Haus Möllering aus Rödinghausen von 1590. Die gesamte Museumsanlage erhielt 1999 ein neues Gesicht. 2001 wurde das Bauernhausmuseum mit einer Special Commendation des European Museum Forums ausgezeichnet. Märkte, Jahrmarktattraktionen, Hexenfeste und Ausstellungen runden den Museumsbetrieb ab.

Der Sparrenberg

Heinrichs des Löwen tapferer und treuer Anhänger, der Edle Bernhard von der Lippe, hatte bei Bielefeld eine Burg gebaut und diese seinem Lehnsherrn zu Ehren ›Löwenburg‹ genannt. Aber Graf Hermann von Ravensberg, ein mächtiger Gegner Bernhards, der die an der Grenze seines Landes erbaute neue Burg als Hohn und auch als Gefahr betrachtete, zog mit seinen ravensbergischen Soldaten vor die Löwenburg. Er belagerte und eroberte sie, riss das lippische Wappen und die Welfenfahne herunter, nagelte sein Wappen mit den drei toten Sparren an die eroberte Burg und nannte sie fortan ›die Sparrenburg‹. Graf Bernhard wollte seine schöne Burg aber nicht den Feinden überlassen und belagerte sie erneut mit seinen Leuten und Pferden. Er ließ dicke Steinkugeln in die Feste werfen, konnte sie aber, trotzdem er ziemliche Verwüstungen in der Burg und an den Außenmauern anrichtete, nicht wieder erobern.

Der ravensbergische Graf baute die Sparrenburg aus. Man erzählt, dass zur Zeit des Baus – um 1180 – der Scheffel Roggen drei Mariengroschen kostete und ein Tagelöhner vier Pfennige Tagelohn erhielt.

In dem Burgberg, auf dem der Sparrenberg liegt, befinden sich Höhlen und Gänge. Ein unterirdischer Gang soll bis zum Markt der Stadt Bielefeld führen.

Die Sparrenburg (früher auch Sparenburg) ist eine restaurierte Festungsanlage in Bielefeld. Die Spornburg liegt auf dem 180 Meter hohen Sparrenberg im Teutoburger Wald und überragt das nahe Stadtzentrum um gut 60 Meter. Ihr heutiges Aussehen geht zum größten Teil auf das 16. und 19. Jahrhundert zurück. Die Sparrenburg ist die nördlichste erhaltene Spornburg Deutschlands und gilt als eines der herausragenden Wahrzeichen der Stadt.

Gegen Ende des 17. Jahrhunderts genügte die Sparrenburg nicht mehr den Erfordernissen des Militärs. Die Burg wurde nun zum Teil als Gefängnis genutzt und zum Teil dem Verfall preisgegeben. Die Außenmauern wie auch die Gebäude auf der Burg wurden abgetragen. König Friedrich II. veranlasste, dass daraus in den 1770er-Jahren die noch heute an der Hans-Sachs-Straße vorhandene 55er-Kaserne gebaut wurde.

Im 19. Jahrhundert ließ das ›Comité zur Wiederherstellung des Thurmes auf dem Sparenberge‹ den Turm um 1842/43 wieder aufbauen.

Der Ravensberg

Innerhalb des Amtes Borgholzhausen liegt, von den Gemeinden Hamlingdorf, Holzfeld, Cleve und der zum Amte Halle gehörenden Gemeinde Hesseln umgeben, die kleine königliche Domäne Ravensberg mit den Ruinen der alten Bergfeste Ravensburg, dem Stammsitz der einstigen Grafen vom Ravensberge. Der Berg, auf dem sich die Burg befindet, ist der westliche, durch das schmale Clevertal ganz abgetrennte Ausläufer der südlichen Vorkette des Teutoburger Waldes. Dieser sinkt nach Westen sanft ins Tal und bildet eine halbe Stunde südlich von Borgholzhausen den östlichen Torpfeiler der Bergöffnung, der das nördlichste der drei Haupttore des Teutoburger Waldes ist.

Die Burg ist sehr alt, das bestätigt eine Stiftungsurkunde aus dem Jahr 851. Die Urkunde wird im Stift Freckenhorst im Münsterland aufbewahrt. Der Name der Burg ging auf die gesamte Grafschaft über. Die Sage leitet den Namen von einem Erbauer Rabo ab, der auch die Tecklenburg und die Iburg erbaut haben soll. Dieser Häuptling soll drei Töchter, Ravena, Ida und Thekla, gehabt und jeder eine Burg als Morgengabe geschenkt haben. Von den Töchtern bekamen die drei Burgen ihre Namen.

Da die Ritter und Vasallen des Ravenberges als Helmzeichen und Wappen einen Raben führten, bringt eine zweite Sage den Namen der Burg mit dem Vogel in Verbindung. Sie erzählt, dass Drusus, der angebliche Erbauer der Stadt Cleve am Fuße des Ravenberges, den Berg befestigt und den römischen Adler daraufgesetzt habe. Die Anwohner hätten dieses Feldzeichen für einen Raben gehalten und hiernach Berg und Burg benannt.

Die Burg Ravensberg ist die älteste und gleichzeitig die Stammburg der Ravensberger Grafen. Diese besaßen mit der Burg Ravensberg, der Sparrenburg in Bielefeld, der Burg Vlotho, der Burg Limberg zeitweise vier Höhenburgen. Von diesen Burgen wurden jedoch nur die Burg Ravensberg bei Borgholzhausen und die Burg Sparrenberg in Bielefeld von den Ravensberger Grafen selbst erbaut.

Der Weißdornbusch zu Dornberg

Das Dörfchen Dornberg an der Nordostseite des Osning bei Bielefeld war im 9. Jahrhundert der Wohnsitz des berühmten Grafen Waltgerus (oder Wolderus oder Walther). Wo sich heute das Pfarrhaus befindet, stand seine Burg. Die dazugehörige kleine, dem heiligen Petrus geweihte Kirche sollte eigentlich nach Großdornberg kommen, denn es war schon ein viereckiger Platz (er hieß lange Zeit ›Oberwittlers Kirchhof‹, dies war der Name des Grundstücksbesitzers) ausgesucht. Steine und Holz wurden angefahren. Zum Erstaunen aller flog eine weiße Taube herbei und zeigte den Leuten, dass gerade dieser Platz Gott nicht wohlgefällig sei. Mit dem Schnabel pickte sie Späne und kleine Splitter auf und flog damit nach dem heutigen Dornberg. Späne und Splitter legte sie an den Ort, wo jetzt die Kirche steht, und setzte sich anschließend auf den Zweig eines nahe stehenden Hagedorn- oder Weißdornbusches. Dies nun machte sie an vielen Tagen. Da merkten endlich die Bürger, welches nun der von Gott erwählte Platz sei, und bauten an diesen Platz die Kirche. Dieser Weißdornbusch wurde ab da als heilig betrachtet und sorgfältig gepflegt. Als er abstarb, pflanzte man einen neuen Busch. Dies geschieht bis zum heutigen Tag. Deshalb kann man immer noch auf dem Dornberger Kirchhof einen eingefriedeten Weißdornbusch sehen, der angeblich auch dem Ort den Namen Dörenberg oder Dornberg gegeben hat.

Eines der ältesten Bauwerke Bielefelds ist die Peterskirche in Kirchdornberg. Sie wurde ungefähr um 1050 erbaut. Das heutige Kirchenschiff im gotischen Stil stammt aus dem 14. Jahrhundert. Die Peterskantorei in der Immermannstraße ist einen Besuch wert – es gibt Konzerte und Messen werden musikalisch gestaltet. Im Dornberger Heimatmuseum kann der Gast in die Vergangenheit eintauchen, Kleidung aus der Zeit von 1700 bis 1900 bestaunen, ebenso Gerätschaften zum Handwerk, Handel und der Landwirtschaft, denn gerade durch Letzteres wurde Dornberg geprägt. Vielleicht finden aufmerksame Betrachter beim Spaziergang sogar den Weißdornbusch.

Die Vision zu Herford

Im Sommer des Jahres 1011, am Tage des heiligen Gervasius und Protasius, ging ein armer Schäfer nach Herford und wollte im Hochstift um eine Gabe bitten. Da erschien ihm in der Nähe der Stadt, auf dem Lutterberge, die Jungfrau Maria. Sie befahl ihm, er solle der Äbtissin Godesta sagen, dass sie an dieser Stelle eine Kirche und eine Wohnung für fromme Klosterjungfrauen bauen möge. Diese sollten sich ganz besonders ihrem Dienste widmen. Der Schäfer tat, wie ihm geheißen war. Nur die kluge Äbtissin, eine Schwester Bernhards, des Herzogs zu Sachsen, nannte den Mann einen Betrüger und ließ ihn ins Gefängnis werfen. Darin sann er Tag um Tag vergeblich, wie er sich rechtfertigen und das Gebot Mariens dennoch erfüllen könne. Auch der Bischof zu Paderborn, der heilige Meinwerk, hatte geurteilt. Er sagte, wenn die Jungfrau mit dem Schäfer geredet hätte, müsse er ein Wahrzeichen bringen, anders könne man ihm nicht glauben.

Endlich erschien dem Schäfer erneut die Himmelskönigin, zeigte ihm ihre Freude, dass er die Prüfung überstanden hatte, und offenbarte, was nun geschehen sollte. So ließ der Gefangene der hochwürdigen Frau sagen, dass er jetzt zu dem Wahrzeichen bereit wäre. Man möge ihn auf jenen durch die Erscheinung geheiligten Hügel führen. Hier steckte er vor den Augen unzähliger Menschen ein Kreuz in die Erde. Und siehe, in Gestalt einer Taube kam die himmlische Jungfrau herab und setzte sich auf dasselbe, gerade so, wie sie es verkündet und er es vorhergesagt hatte.

Die Kirche und das Stift bei Herford wurden auf dem Berg erbaut. Das Fest der Erscheinung beging man alljährlich mit großer Herrlichkeit, bis irgendwann der Anlass vergessen und aus der Feier ein Volksfest wurde. Es heißt immer noch ›die Vision‹. Von dem in die Erde gepflanzten Kreuz ist noch ein Stück übrig. Es befindet sich im Altar der Kirche.

Herfords Anfänge scheinen im Jahr 789 zu beginnen. Das um 800 errichtete Frauenstift Herford wurde bald nach seiner Gründung in den Stand einer Reichsabtei erhoben und erlangte im 12. Jahrhundert die Reichsunmittelbarkeit, die das Stift bis 1803 bewahren konnte. Dadurch entwickelte sich die Stadt Herford im Mittelalter zu einer bedeutenden Handelsstadt in Westfalen und trat 1342 der Hanse bei. Bis zur Reformation war die Stadt ein bedeutender Sammelpunkt der Jakobspilger, die sich auf dem Weg nach Santiago de Compostela befanden. Zahlreiche Klöster und Bruderschaften betreuten die durchreisenden Pilger durch Herbergen und Hospitäler. Für die Pilger gab es zwei wichtige Anziehungspunkte: die Marienkirche als Ort der Herforder Vision, die als die bedeutendste von etwa 20 überlieferten Marienerscheinungen nördlich der Alpen gilt, sowie die Stadtpatronin Pusinna, eine im 5./6. Jahrhundert bekannte Einsiedlerin. Im Jahr 1987 wurde auf Initiative des Europarates der historische Jakobsweg wissenschaftlich dokumentiert und der Landschaftsverband Westfalen-Lippe belebte die alten Kulturwege wieder.

In der heutigen Zeit ist für jeden Besucher der Stadt das MARTa Herford ein Highlight, ein Museum für zeitgenössische Kunst und Design. Im Daniel-Pöppelmann-Haus befindet sich eine Dauerausstellung zur Stadtgeschichte. 2005 wurde in den Kellergewölben des Herforder Rathauses die Gedenk-, Dokumentations- und Begegnungsstätte Zellentrakt eingerichtet. Diese erinnert an die Verfolgung und Vernichtung von Minderheiten in der Vergangenheit und soll Tendenzen und Umgang mit diesem Thema in der Gegenwart aufzeigen.

Die Linde auf dem Markt zu Halle

Das Städtchen Halle, das am südlichen Fuße des Osnings nicht weit von den Ruinen des Ravensberges liegt, bekam seinen Namen von den Salzquellen, welche einst hier benutzt wurden, nun aber längst verschwunden sind. Noch vor hundert Jahren stand mitten auf dem Markt eine ungeheuer große Linde. Ringsum war sie von einer Mauer umgeben. Diese hatte acht Seiten und an jeder Seite einen Eingang. Auf dieser Mauer lagen die weit ausgebreiteten Zweige und oben über den Zweigen waren Sitze angebracht und wurden Versammlungen abgehalten. Im Jahre 1726, am 21. Juli, musste sie einem Neubau weichen.

Man erzählt sich, dass Karl der Große diese Linde eigenhändig gepflanzt hat. Zur gleichen Zeit soll er die Kirche dort gegründet und dem Ort Marktgerechtigkeit verliehen haben.

Im Jahre 1246 tauschte Bischof Engelbert von Osnabrück mit dem Kloster Iburg die am Südrand seines Bistums gelegene Kirche ›tor Halle‹ mit allen Rechten und Zubehör gegen die Kirche in Rheda mit den damit verbundenen Rechten und Einkünften. In diesem Schriftstück, das auf den 9. Mai 1246 datiert ist, wird Halle zum ersten Mal erwähnt.

Der Wunderbrunnen von Blomberg

Vor langer Zeit lebte in dem Städtchen Blomberg eine Witwe. Sie war sehr reich, aber mit dem Geld und Gut, das durch den Tod ihres Mannes über sie gekommen war, keineswegs zufrieden. Trotz der äußerlich so glücklichen Verhältnisse, in denen sie lebte, blickte sie mit Neid und Missgunst auf ihre Nachbarn, die teils durch anhaltenden Fleiß, teils durch irgendeine Erbschaft ihr Vermögen vermehrt hatten. Nun besaß die Witwe zu alledem auch ein Geschäft. Aber weil sie zu knapp das Gewicht gab, die Käufer überforderte, blieben die Kunden nach und nach weg. Sie dachte nicht daran, dass sie an dem Rückgang der Umsätze selbst schuld sein könnte. Sie glaubte, dass ihre Nachbarn, welche ähnliche Geschäfte hatten, ihr die Kundschaft auf unerlaubte Weise weglockten.

Nun wohnte wenige Häuser von ihr entfernt eine tüchtige Witwe, die auch einen Kramladen unterhielt und ihre Kunden redlich bediente. Sie gab den armen Leuten manchmal ein Stück Zeug, das sie ihnen aus Barmherzigkeit ohne Bezahlung überließ. So ruhte Segen auf ihrem Hausstand und sie wurde von Jahr zu Jahr wohlhabender. Die ungerechte und geizige Witwe betrat eines Tages den Laden der biederen Frau und fragte sie voller Neid, wie man es anfinge, täglich reicher zu werden bei dem Kleinkram, mit dem sie handele, ob das wohl mit rechten Dingen zuginge. Die brave Frau lächelte schlau. Sie meinte, man müsse einen Gott im Kasten haben, mit der Arbeit allein wär's nicht getan. Die geizige Witwe mochte das wohl nicht richtig verstanden haben. Sie beschloss, sich einen Gott zu beschaffen. Weil sie dafür aber kein Geld ausgeben wollte, rannte sie heimlich zur Kirche und entwendete dort jenes, was ihr als Gott erschien. Um Mitternacht lief sie, es war gerade Weihnachtszeit, wo des Abends spät noch Gottesdienst abgehalten wurde in die Kirche, ließ sich einschließen und stahl die Hostie aus der Monstranz. Damit schlich sie vor Kälte bebend, vielleicht auch vor Angst, als die Kirche wieder geöffnet wurde, nach Hause. Sie legte die Hostie in die Geldtruhe und meinte, dass sie für immer geborgen und reich bliebe.

Schnell wurde der Diebstahl entdeckt. Hausdurchsuchungen wurden vorgenommen und zuletzt kam man auch zu der Diebin. Da befiel die Frau große Angst. Rasch nahm sie die Hostie aus dem Kasten, lief in den Hof zu ihrem Brunnen und warf das Heiligtum hinein. Zu ihrem großen Schrecken stellte sie fest, dass die Hostie nicht unterging, sondern oben auf dem Wasser schwamm. Mönche kamen in ihr Haus und durchstöberten es bis zum Hahnebalken. Endlich gingen sie auch in den Hof und fanden auf dem Wasser des Brunnens, was sie suchten. Darüber waren sie sehr erstaunt und fragten die Besitzerin, wie die Hostie dahin gekommen sei. Sie zuckte nur mit den Achseln und sagte mit Unschuldsmiene: »Gott allein weiß es.« Obwohl sie sich sehr beherrschen konnte, sah sie recht blass aus und zitterte. Der Verdacht fiel auf sie, sie wurde gefangen genommen, mit ihr der Knecht und die Magd, welche sie des Diebstahls bezichtigt hatte. Die drei mussten sich einem strengen Verhör unterziehen. Die Dienstboten leugneten standhaft, auch als sie auf die Folter gebracht wurden. Gott gab ihnen die Stärke, um diese entsetzliche Pein zu überstehen. Nun wurde auch die Diebin gefoltert. Sie leugnete anfangs, doch schon bei der dritten Folter verließ sie die Kraft und sie gestand weinend ihre große Sünde ein. Daraufhin wurde sie als Kirchenräuberin und weil sie unschuldige Menschen in Gefahr und Not gebracht hatte, zum Feuertod verurteilt und öffentlich verbrannt. All das Geld und Gut, das sie hinterließ, fiel zur Hälfte der Kirche zu, die andere Hälfte bekamen der Knecht und die Magd als Entschädigung für die erlittenen Schmerzen, die sie unschuldig auf der Folter ausgestanden hatten.

Die beiden heirateten nach einiger Zeit und führten den Laden der verbrannten Witwe auf eigene Rechnung weiter. Weil sie beide fromm und fleißig waren, also den wahren Gott im Hause hatten, gedieh ihr Handel vorzüglich und aus zwei sehr armen Menschen wurden besonders wohlhabende und geachtete Bürger von Blomberg.

Das Wasser des Brunnens auf ihrem Hof, in dem die geweihte Hostie einst geschwommen war, sollte bald in der ganzen Gegend berühmt werden. Seine Wunderkraft wurde auf folgende Weise entdeckt:

Eines Morgens litt die junge Frau an heftigen Zahnschmerzen und ihre Wange war dick geschwollen. Trotzdem ging sie, wie gewöhnlich, an den Brunnen, schöpfte Wasser und wusch sich ihr Gesicht. Unmittelbar darauf verschwanden die Zahnschmerzen, die Schwellung bildete sich zurück und sie konnte sich frisch an ihre Hausarbeit begeben. Sie erzählte das sofort ihrem Mann. Der dachte an die Hostie und meinte, dass diese das Wasser wahrscheinlich wundertätig gemacht habe. Um sich davon zu überzeugen, rief er einen Bettler zu sich, der hinkend an der Haustür vorbeikam, ließ ihn zum Brunnen gehen und sagte, er solle sein lahmes Bein mit dem Brunnenwasser waschen. Und die Lahmheit verließ ihn, schon nach einigen Tagen konnte er recht gut laufen.

Der Hausherr ging zu den Mönchen des nahe liegenden Klosters und erzählte, dass das Wasser seines Brunnens mit heiliger Wunderkraft versehen sei. Der Abt kam und prüfte die Heilkraft des Wassers an mehreren kranken Brüdern des Klosters. Auch hier bewährte sie sich. Der Ruf des Brunnenwassers zog durch die ganze Stadt, durch das Lipperland und noch weiter darüber hinaus. Sieche und Kranke strömten aus nah und fern herbei und wurden, da sie gläubig waren, schnell geheilt. Das Kloster aber wurde reich durch die vielen Spenden, die Genesende dankbar auf dem Altar niederlegten.

Im Jahr 1460 wurden 45 geweihte Hostien aus der Stadtkirche St. Martini von einer Frau namens Alheyd gestohlen. Sie hatte Angst vor einer Verfolgung und warf deshalb die Hostien in einen Brunnen. Diese aber gingen nicht unter, sondern schwammen auf dem Wasser. Alheyd wurde verhaftet und auf dem Scheiterhaufen verbrannt.

Während eines Urlaubs kann man hier die ehemalige Klosterkirche ›Zum heiligen Leichnam‹ besichtigen und anschließend durch die Gässchen gehen, dabei an vergangene Zeiten denken, wenn man die Fachwerkhäuser und die mittelalterliche Burg betrachtet.

Die Sattelmeier

Nun versammelte der König sein Gefolge, die Freunde und Diener um sich. Er gab ihnen Grundstücke zu ihrem Unterhalt und teilte die Geschäfte seines Hauses unter ihnen auf. Von diesen Gefährten oder Knappen Wittekinds sind die großen Sattelmeier aufgekommen, welche noch jetzt die Umgebung von Enger auszeichnen. Sie begleiteten den König zu Pferde und waren auch später verpflichtet, einen berittenen Mann im Krieg zu stellen.

Es gibt von ihnen noch etwa 14. Sieben befinden sich in der näheren Umgebung von Enger und sieben in Werther, Dornberg, Schildesche und Heepen. Jene sind Nordmeyer, Ebmeier, Meier Johann, Barmeier und Ringsmeier im Kirchspiel Enger, dann Meier zu Hücker und der Meier zu Hiddenhausen. Zu diesen werden auch die Meier zu Rahden, zum Goddesberge, zum Hohberge, zu Ollerdissen, zu Südbrock, zu Südhorst und zum Wendschen Hofe gerechnet.

Wenn sie mit dem König ritten, war es Hiddenhausen, der den Zug begann, und Hücker, der ihn schloss. Ebmeier war Wildmeister und ordnete die Jagden an. Barmeier war das Oberhaupt der Hirten, die die zahlreichen Sauherden des Königs weideten.

Windmeier, ein Diener von geringerem Rang, der deshalb nicht zu den Sattelmeiern gehörte, war Wittekinds Jäger und bei ihm befanden sich auch die Windhunde des Königs.

Noch bis in unsere Zeit erfreuten sich diese Sattelmeier – besonders jene um Enger – manch besonderer Vorrechte, mit denen ihr königlicher Herr sie ausgestattet hatte.

Widukind in der Babilonie

Des Königs Burg, die Babilonie, die ist schon lange versunken. Aber der alte König harrt mit seinem Gefolge im Berg aus und wartet, bis seine Zeit kommt. Manchmal sieht man ihn im Wesergebirge auf weißen Pferden reiten und seine Burgen besuchen; manchmal sieht man das Heer mit seinen blinkenden Spießen. Man hört Lärm, Gewieher und Hörnerschall und die Anwohner sagen, es bedeute Krieg, wenn Widukind aus der Babilonie ausreite. Es existiert eine Tür, die vom Berg aus in den Palast führt, die nur sehr selten ein Begünstigter sehen kann.

Einst weidete ein Schäfer aus Hille seine Herde an diesem Berg. Hier entdeckte er drei fremde lilienartige Blumen und pflückte sie. Am nächsten Tag fand er an derselben Stelle wieder drei Blumen, die ebenso wie die gestrigen aussahen. Er pflückte auch diese und am anderen Morgen waren abermals an derselben Stelle drei weitere Blumen am blühen. Als er auch diese gepflückt und sich in der Schwüle des Mittags hingesetzt hatte, erschien ihm eine schöne Jungfrau. Sie fragte ihn, was er da habe, und machte ihn auf einen Eingang im Hügel aufmerksam, der durch eine eiserne Tür verschlossen war. Der Schäfer staunte, er hatte diesen Eingang noch nie gesehen. Die Jungfrau drängte ihn, er solle mit den Blumen das Schloss berühren. Kaum, dass die Blumen es berührten, sprang das Tor auf. Er sah einen dunklen Gang, an dessen Ende Licht schimmerte.

Die Jungfrau ging als Erste und der Schäfer folgte ihr. Staunend kam er durch das Dunkel in ein hell erleuchtetes Gemach. Gold und Silber und außerordentlich schöne Gerätschaften glänzten auf den Tischen und an den Wänden. Auf dem Fußboden saß ein schwarzer Hund und knurrte den Schäfer drohend an. Doch als er die Blumen sah, wurde er still und zog sich zurück. Und ganz im Hintergrund, da ruhte der greise König.

Als der Schäfer das alles gesehen hatte, sagte die Jungfrau zu ihm: »Nimm, was dir gefällt, und vergiss dabei das Beste nicht.«

Er legte die Blumen auf den Tisch und wählte aus den Schätzen das heraus, was ihm als das Beste erschien und was er so gerade noch tragen konnte. Dann aber wollte er schnell weg, um das unheimliche Gemach wieder zu verlassen. Noch einmal rief ihm die Jungfrau zu: »Vergiss doch das Beste nicht!«

Er blieb stehen, blickte zurück und fragte sich, was denn nun das Beste sei, und er nahm noch einiges, was ihm besonders wertvoll erschien. An die Blumen dachte er nicht und ließ sie auf dem Tisch liegen. Dabei waren sie doch das Beste, sie hatten ihm ja den Eingang verschafft. So ging er, mit Schätzen beladen, durch die dunkle Halle zurück. Und gerade als er nach draußen kam, schlug das Eisentor mit solch heftiger Gewalt hinter ihm zu, dass ihm die Ferse abgeschlagen wurde.

Der Schäfer lebte nach diesen Ereignissen noch viele Jahre, aber den Eingang hat er nie wieder erblickt und seine Ferse ist auch nie wieder heil geworden. Heute liegt er in der Kirche zu Hille auf dem Chor unter einem großen Stein begraben. Man sagt, dass er etliche Vermächtnisse hinterlassen habe.

Das Dorf Hille ist bis heute durch seine landwirtschaftliche Struktur geprägt. Neben den großen Bauernhöfen gab es bis ins 19. Jahrhundert viele kleine Heuerlingsstätten, deren Besitzer sich ein Zubrot durch die Leinenweberei und die Zigarrenmacherei verdienten, die im 19. Jahrhundert in Hille aufkam. Um diese Zeit wanderten viele Menschen aus den heutigen Hiller Gemeindeteilen in die USA aus. Andere Hiller gingen als sogenannte Hollandgänger zu Fuß bis in die Niederlande, um dort Gras zu mähen. Manche blieben dort für immer.

Sagen vom König Wittekind

König Wittekind gründete die Kirchen zu Herford, Enger und Schildesche und wollte dort, wo man zuerst mit dem Bau derselben fertig sei, auch begraben sein. Die Engeraner bauten daraufhin zuerst die Kirche, aber ohne den Turm, und wurden dann auch als Erste fertig. Nach Herford kam Wittekind zuerst mit seinen Wagen und sagte, als er dort war: »Her fart.« Davon soll die Stadt den Namen Herford bekommen haben. Andere erzählen, dass, als er dem Bau eines Hauses zwischen Herford und Bielefeld zugesehen, einem Zimmermann sein Beil entfiel und dieser ihm zugerufen habe: »Here fort, de bîle fällt.« Darum habe er die nächstgelegenen Städte Herford und Bielefeld genannt.

Als dem Wittekind (oder Weking) die Feinde zu mächtig wurden, verschwand er für einige Zeit. Angeblich war er bei entfernten Freunden. Tatsächlich aber war er daheim und weilte verborgen auf zwei Gütern. Einmal auf der alten Burgveste, die westlich von Lübbecke oberhalb des Dorfes Mehmen lag und deren Stätte jetzt Babylonien heißt, und zum anderen in der Burg, die auf dem Werder stand, den der Einfluss der Werra in die Weser bildet. Ungefähr dort, wo jetzt Rehme ist.

In jener Zeit ritt er oft von einem dieser Orte zu dem andern rüber, immer nur des Nachts und nie anders als mit verkehrt aufgelegten Hufeisen. In einer Bergschlucht, der sogenannten Wallücke*, gab es vor 50 Jahren noch eine später zugeschüttete Höhle, in der sich König Wittekind einst in harter Bedrängnis vor seinen Feinden versteckt hielt.

Derselbe Herzog besaß am Fuße des Margarethenberges, der eigentlich Wekingsberg hieß, da, wo das malerisch gelegene Wedigenstein in das Wesertal hinabsieht, ein Waldhaus aus Stein gebaut. Hier wurde er aber von den Kriegern Karls des Großen gefangen genommen. Seit dem Jahr 1829 steht hier ein ihm errichtetes Denkmal in Form einer zwölf Fuß hohen viereckigen Spitzsäule.

Einst ging Herzog Wittekind in Lumpen, damit er nicht erkannt wurde, und begab sich in das Lager Karls des Großen, um sich darin umzusehen. Als er das fränkische Lager betrat, war gerade der Tag des Herrn. Das Volk und die Fürsten hatten sich im heiligen Bethaus versammelt. Wittekind stellte sich einfach zu den Krüppeln, die am Eingang des Heiligtums darauf warteten, dass man ihnen ein Almosen reiche. An dieser Stelle, so glaubte der königliche Bettler, könne er unbeachtet den gepriesenen Karl ansehen, wenn dieser in der Mitte seiner Ritter aus dem Gotteshaus zog. Wittekind stand gegen die Pforte gelehnt und blickte von hier aus in das Gotteshaus. In dem Moment soll ihn das Jesuskind vom Altar her angelächelt haben und er habe sich sofort vor dem Altar niedergekniet. Er soll, als alle ihn erstaunt und verwundert umringten, ausgerufen haben: »Ich bin Wittekind, der Sachsenherzog, gebt auch mir die Taufe, damit ich ein Christ werde.«

Anderen aber gab er sich nicht zu erkennen, wohl aber erkannte Karl in dem fremden Bettler den Sachsenherzog und ließ ihn unbehelligt wieder ziehen.

Kurze Zeit später ritt er über die Berghöhe, an der Stelle, wo sich heute Bergkirchen befindet. Er überlegte, welcher Glaube wohl der beste sei, der Götterdienst seiner Väter oder die neue Christenlehre der Franken. »Ist dies die rechte, so möchte ich ein Zeichen haben, damit ich Gewissheit bekomme.« Im gleichen Augenblick scharrte das Pferd und aus dem felsigen Boden sprang ein mächtiger Quell hervor. Der König stieg ab, trank von dem Wasser und gelobte an dieser Stelle, ein Christ zu werden. Über dieser Quelle wurde danach eine Kirche gebaut, die von Papst Leo geweiht wurde und immer noch steht.

Andere nennen den Ort der Taufe Wittekinds statt Bergkirchen den Seelborn zu Engern, der davon seinen Namen erhielt, dass damals die unzähligen Krieger, die seinem Beispiel folgten, hier die Glaubensweihe empfingen. Wieder andere sagen aber, dies sei zu Belm (eigentlich Bethlehem) bei Osnabrück geschehen, in dessen Kirche auch seine Gemahlin Geva, die Tochter des Dänenkönigs Siegfried, begraben ist. Wittekinds Taufpate war aber Karl der Große. Und um zu zeigen, dass sein Glaube aufrichtig sei, verwandelte er das schwarze Pferd, ohne Gebiss und Zügel, welches er als sein Zeichen auf dem Schilde führte, in ein weißes.

Als Christ beschloss er, sich einen Königssitz zu wählen, an dem er ständig bleiben könne. Drei Orte waren ihm besonders lieb: die Höhe von Bünde, der Werder von Rehme und das fruchtbare Angertal. Er sagte, welcher dieser drei Orte zuerst seine Kirche fertig hätte, an dem wolle er wohnen. In allen drei Orten wurde eifrig gebaut, allein der Baumeister des Angertals verschaffte seinen Bauherrn den Sieg durch List, denn er baute die Kirche ohne Turm. Dieser Baumeister soll ein Mohr gewesen sein. Seinen Kopf ließ er in Stein aushauen und setzte ihn als Wahrzeichen an die Kirche, wo er immer noch zu sehen ist. Die dafür verwandten Steine wurden aus einem nahe gelegenen Hügel genommen, der jetzt der Liesberg genannt wird. Der erhielt diesen Namen, weil die Steine dort nicht gebrochen, sondern zusammengelesen worden sind.

Als die Kirche fertig war, fasste man den Entschluss, den noch fehlenden Turm an die Kirche anzubauen und ihm weder an Höhe noch an stattlichen Verzierungen etwas fehlen zu lassen. Allein, dieser Plan konnte nicht ausgeführt werden. Das, was tagsüber gemauert worden war, fiel in der Nacht wieder ein. Da bemerkte man, dass ein Platz, der in der Nähe der Kirche lag, morgens immer trocken gefunden wurde, während alles andere ringsum feucht war. Da man diese Erscheinung drei Tage hintereinander bemerkte, beschloss man, den Turm, der ja doch nicht an der Kirche stehen würde, hier zu bauen. Als er eine gewisse Höhe erreicht hatte, begann das alte Unwesen von Neuem. Alle Bemühungen, weiterzukommen, waren vergeblich und so ist der Turm zu Enger einige Meter von der Kirche entfernt ziemlich unansehnlich stehen geblieben.

Nicht weit von der Kirche des Angertals baute Wittekind seine Königsburg. Noch heute kann man sehen, wo sie gestanden hat. Selbst einzelne Stücke von der Burg haben sowohl Namen und andere Erinnerungen aufbewahrt. Der alte Burggraben, der Küchengarten an der Burg, die Pferdeschwemme in der Bornwiese und auch der Hühnerhof behielten ihre ursprünglichen Namen. Bei dem neuen Holzhaus, das jetzt an der Stelle des alten steht, aber noch den alten Namen trägt, erinnern Reste verwitterter Mauern an die Zeit des alten Königs. Man weiß, dass die Küche und das Backhaus dort waren, wo jetzt Bergmanns Garten ist. Es existiert sogar ein Rest von der alten Hofmauer. Von der Stadt Engern, die sich weithin um die Burg ausbreitete, ist das jetzige Städtchen Enger nur noch ein kleiner Überrest. Sie hatte sieben Pforten oder Tore: die Nordpforte bei Nordmeiers Hof, die Burgstädterpforte unweit der Burg, die Kniggenpforte an der Landstraße nach Bünde, die Niedermühlenpforte am Wege nach Herford, die Bruchpforte an der Engerschen Niederung, die Lübberpforte an der Straße nach Westerenger und die Niederpforte bei Niemanns Hof. Die Stadt schloss sich in das Marktfeld. Hier befanden sich der Marktplatz, das Opferfeld, wohin man die Opfer brachte, und der Seelborn, ein Wassergraben, in dem viele Engeraner getauft wurden. In diesem Bereich lagen auch die jetzigen großen Bauerhöfe, wie Ringsmaier, Barmaier, Windmaier, Ebmaier. Hier hatte Wittekind seinen Marstall, seinen Tiergarten mit Bären, seine Wind- und Jagdhunde. Südlich reichte die Stadt bis an den Elsternbusch, fast eine halbe Stunde von dem jetzigen Enger entfernt. Jetzt wird diese Stelle durch ein kleines Dorngebüsch unweit Ebmaier so bezeichnet. Hier hatte der König seinen Vogelherd und das Vogelhaus. Zwei junge Burschen fingen und pflegten die Vögel. Sehr oft war aber der alte König selbst da und hatte seine Freude an den kleinen Vogelstellern.

Der heutige Ort Westerenger bildet die Vorstadt, in der sich ein Vorwerk oder eine Meierei befand. Noch führt ein großer Bauhof den Namen ›Vorwerk‹. Rings um die Stadt und das Stadtgebiet hatte man in einem großen Bogen eine Landwehr oder einen hohen Erdwall mit einem Graben gezogen, der nach und nach eingeebnet wurde. In der Bauernschaft Herringhausen sollen noch seine Spuren zu finden sein.

Der König gab seinen Anhängern große Grundbesitzungen zu ihrem Unterhalt hinzu und bestimmte ihre Ämter an seinem Hof. All diese Verpflichtungen hörten aber in diesem Jahrhundert auf.

Der alte Sassenheld lebte im Angertale mit den Seinen in Ruhe und Frieden. Noch zeigt man die Orte, wo er sich gern aufhielt. Der hohe Esch bei Hücker war ein solcher Lieblingsplatz. Dort, wo später die sieben Buchen standen, hatte sich der König einen Turm gebaut. Wenn er hierhin kam, stieg er auf die Zinne der Warte und sah in das schöne Hügelland zwischen dem Süntel und Osning. Neben der Warte stand eine uralte Linde. Auf dieser war ein Sitz angebracht, auf dem der Herzog oft gesessen hatte. Nach seinem Tod wurde der Turm abgebrochen und an dessen Stelle eine Kapelle errichtet. Als der uralte Baum dahinsank, wuchs an seiner Stelle eine Buche, deren Stamm sich in sieben Äste teilte. Jeder war von außerordentlicher Höhe und Dicke. Oben vereinigten sie sich in sieben Wipfel, sodass in der Ferne die gewaltige Krone wie eine aussah. Man nannte den Baum die sieben Buchen und konnte ihn von überallher sehen. Lange haben die einzelnen Äste gestanden, einer wurde durch Blitzschlag zerschmettert, andere durch Sturm umgeworfen und der letzte ist vor ungefähr 60 Jahren niedergefallen.

Im hohen Alter beschloss Wittekind, auf besondere Weise die Anhänglichkeit seiner Angerer zu erproben. Zwei Freunden offenbarte er seine Absicht. Es wurde bekannt gemacht, der alte König sei gestorben und an dem und dem Tage solle er begraben werden. Zur angesagten Stunde kamen von überallher die Trauernden, so viele, dass die Burg die Menge beinahe nicht unterbringen konnte. In einem großen Raum stand der verschlossene Sarg und um ihn her war nur Weinen und Klagen um den geliebten Toten zu hören. Da trat Wittekind oder auch Weking plötzlich fröhlich in das Zimmer, bestürzt wich die Menge zurück, denn sie glaubte, einen Geist zu sehen. Wittekind redete sie alle freundlich an und erzählte, welche Probe er habe anstellen wollen. Alle Anwesenden befreite er vom Zehnten und übergab ihnen Geschenke. Einer aus der Nähe von Bünde kam hinterhergelaufen, auch ihm verhieß Weking dasselbe; aber von dem Tage an nannte man ihn Nalop und so heißt der Hof noch bis zum heutigen Tag. Auch der Steinköhler aus Rödinghausen war unterwegs und kehrte um, als er hörte, dass der alte König lebe. Auch er wurde zur Hälfte zehntfrei. Schürmann in Westerenger wollte sich gerade auf den Weg zur Burg machen, als er hörte, wie Wittekind die Seinen auf die Probe gestellt hatte. Einer seiner Kämpen wurde zinsfrei.

Wittekind begab sich am heiligen Dreikönigsabend – das war der 6. Januar im Jahr 817 oder, wie einige fälschlich sagen, 807 – wirklich zu seinen Vätern heim. Er starb aber, wie die Sage geht, in seiner Burg Babilonie am Wesergebirge. Die Sattelmeier trugen den Leichnam im Sarg nach Enger und alles Land, auf welches sie die Füße setzten, wurde frei. In Enger brachte man den Sarg unter großen Ehren in die Kirche, stellte dann die Leiche aus, damit jeder noch einmal das Gesicht des geliebten Königs sehen konnte, und setzte dann den Sarg unter Tränen tausender Leidtragender in einem kleinen Gewölbe am Chor der Enger'schen Kirche bei. Die Kirchentür, durch die der Sarg getragen wurde, wurde zugemauert und ist nie wieder geöffnet worden. Der Ort, an dem die Leiche ausgestellt wurde, heißt noch jetzt die Leichdehl oder Leikdehl. Man bestimmte auch, dass hier keine anderen Toten begraben werden sollten, und so ist es auch gehalten worden. Neben dem Grab des Herzogs wurde später ein Denkmal auf dem Chor hinter dem Altar errichtet und in den obersten Stein die Gestalt des Helden gehauen. Wittekind liegt da in Lebensgröße, aber ohne Bart und mit kurzen, glatten Haupthaaren. Seine Mütze und der mit weiten Ärmeln versehene Mantel, der die Gestalt umhüllt, scheinen mit Edelsteinen besetzt gewesen zu sein. In der linken Hand hält er das Zepter, die rechte ruht auf der Brust und zeigt den krummen Mittelfinger, wie ihn der König zu seinen Lebzeiten hatte. Die Füße sind mit Schuhen bedeckt, die vorn spitz zulaufen, aber bis an die Knöchel gehen und fast bis auf die Zehen aufgeschnitten sind.

Das Denkmal weist mehrere Inschriften in lateinischer Sprache auf. In der jetzigen Form stammt es aus der Zeit von Kaiser Karl IV., der es im Jahr 1377 erneuern ließ. Die alte echte Mönchsschrift ist von Pastor Hermann Heinrich Wacker, welcher der Kirche von 1679 bis 1715 vorstand, durch gewöhnliche lateinische Buchstaben ersetzt worden.

Als Wittekinds Gebeine sich noch in Herford befanden, stand neben diesen ein alter Trinkbecher, der einem länglichen Tummler[**] ähnelt. Er ist aus einem grünlichen Stein und ringsum mit vergoldetem Kupfer eingefasst. Auf dem Rande steht diese Inschrift: Munere tam claro ditat non Africa raro (Also herrliche Gaben wir selten von Afrika haben). Zu dem Becher gehört eine sehr alte, gelblich eingelegte Kapsel aus einem unbekannten Holz. Hierauf steht: Visdai de Africa rex (König Visdai aus Afrika). Dies war Wekings Rundbecher, ein Geschenk von Kaiser Karl dem Großen. Deswegen ist er aber aus einem grünen Steine gemacht, weil dieser bekanntlich kein Gift vertragen kann.

Um das Andenken an König Weking wachzuhalten, ordnete man an, dass jedes Jahr an seinem Sterbetag, dem 6. Januar, eine Begräbnisfeier und ein Trauergottesdienst abgehalten werden sollten. Drei Tage vorher läutete man mittags eine Stunde, am Sterbetag erklangen die Glocken um neun Uhr.

Dann versammelten sich die Lehrer von Enger mit ihren Schülern, die Gemeindemitglieder und besonders die Armen. Dann wurde der Gedächtnisgottesdienst abgehalten. Zum Schluss läutete der Küster zur Senkung und es wurde die Wekings-Spende verteilt. Die Armen erhielten Brot und Wurst und die Schüler Semmeln, welche wegen ihrer Form Tempelstüten oder Timpen hießen. Ein einfaches Mahl der Angesehenen des Ortes machte den Beschluss. Manche dieser Gebräuche haben längst aufgehört, nur die Kinder erhalten noch die Semmeln, und damit alle Schüler des Kirchspiels Enger daran teilnehmen können, bewilligte die preußische Regierung einen jährlichen Zuschuss von 40 Talern.

Das Land des Widukind, Wittekind oder auch Weking liegt zwischen Enger, Herford und Minden. Selbst nach über 1200 Jahren ist das Andenken an den sächsischen Adligen noch sehr lebendig. Es gibt nur wenige historische Figuren und Legendengestalten, an die man sich heute noch erinnert. Widukind, Sachsenführer im Krieg gegen Karl den Großen, ist gerade in Ostwestfalen noch lebendig. Sei es die Widukind-Stadt Enger, die jedes Jahr das Timpken-Fest am 6. Januar, dem mutmaßlichen Todestag des Sachsenführers, feiert, seien es hier der Brunnen mit einer Widukind-Figur oder das Widukind-Denkmal in Herford, aber auch die Statue in Nienburg an der Weser. Seit den 1930er Jahren trägt ein Stadtteil von Osnabrück den Namen ›Widukindland‹.

Der westfälische Edeling Widukind, der 777 erstmals in den fränkischen Reichsannalen erwähnt wurde, blieb gegen den Willen Karls des Großen der fränkischen Reichsversammlung in Paderborn fern und reiste für ein Jahr zum Dänenkönig. Ein Jahr später fielen die Westfalen ins fränkische Rheinland ein. Zwischen 779 und 781 begann im damaligen Sachsen, dem heutigen Westfalen, ein schlimmer Kleinkrieg, der sich auch gegen die frankenfreundlichen Edelinge richtete. 782 wurde das damalige Sachsen Teil des Frankenreichs.

Aber wer war nun dieser sächsische Adelige? Neun Jahre lang leistete er Karl dem Großen heftigen Widerstand. Wo er wirklich nach seiner Taufe sesshaft wurde und wo er starb – darüber gibt es viele Geschichten und man sagt, dass sie letztendlich nicht überliefert sind.

---

* Die Wallücke ist ein Pass im Wiehengebirge bei Hille in Nordrhein-Westfalen. Im Wiehengebirge werden derartige Gebirgseinschnitte auch Dören genannt. Der Sattel liegt auf der Grenze zwischen Bad Oeynhausen und Hille im Kreis Minden-Lübbecke.

** Der Tümmler oder Tummler ist ein charakteristisches Glasgefäß aus der Völkerwanderungszeit des 5. bis 8. Jahrhunderts. Hier handelt es sich um tassengroße, kalottenförmige Schalen aus Waldglas, ohne Standfläche und mit einem verdickten Randsaum. Der Boden des Tümmlers kann flach gehalten, aber auch spitzer ausgezogen sein und ähnelt so einem Spitzbecher. Als Verzierungen können Glaswarzen, Rippen oder ein Bodenkreuz aufgesetzt sein. Tümmler wurden in fränkischen Glashütten am Niederrhein hergestellt und als Luxusgut europaweit exportiert.

Der Trompetersprung

In jener Zeit, da Raub und Hass und Schwert
Dreimal zehn Jahre das deutsche Vaterland verheert,
Da lebt in Rheders stiller Hütte
Ein Mann in seiner Kindermitte,
Der Behler hieß, der redlich und mit Fleiß
Die Seinen nährt, er war ein biedrer Greis.
Einst riss ihn aus der Gattin Arm
Der Feinde wilde Reiterschwarm.
Schon stand das Dorf in voller Glut,
Vergossen war der Armen Blut.
Als Mann sprach Behler, fleht und bat,
Abwendend klug noch manche böse Tat.
Da ward ihm Feind der schwarzen Taten schwärzester Täter,
Ein Bösewicht, er dient dem Feinde als Trompeter.
Sein Harnisch deckt ein Tigerherz.
Raub ward ihm Lust und Morden Scherz.
Voll Wut griff er des Greises Hand
Und an des Rosses Schweif ihn band,
Als wollt er ihn zur größren Qual
Totschleifen über Berg und Tal.
Doch plötzlich wärmte Jünglingsblut
Des braven alten Landmanns Mut.
Er riss sich los mit starker Hand
Und hier, an diesem Abgrundsrand,
Stieß er hinab mit kräft'gem Stoß
Den Wüterich und sein schnaubend Ross.
So ward der kühne Mut des Mannes höchster Schatz
Durch ihn geweiht, heißt noch ›Trompetersprung‹ der Platz.
Oft, in stiller Mitternacht,

Wenn hier der Wandrer einsam wacht,
Wenn horchend holden Nachtigallen
Er auch der Welle lauscht, die sich am Felsen bricht,
Dann hört er banges Sterbelallen.
Es ist der Geist von jenem Bösewicht.
Oft klingt es wie Trompetenklang
Und oft wie Uhus Grabgesang.

Der Trompetersprung, eine abschüssige Felswand oberhalb der Nethe in Richtung Brakel, wird im Volksmund mit einer Sage aus dem Dreißigjährigen Krieg verbunden.

Rheder ist ein Ortsteil der ostwestfälischen Stadt Brakel im Kreis Höxter mit 306 Einwohnern (Stand: 31. Dezember 2010). Der Ort war über Jahrhunderte hinweg als Rittersitz mit der Adelsfamilie von Mengersen verbunden.

Kloster Corvey

In diesem Kloster hinterließ Gott eine sonderbare Gnade. Wenn einer der Brüder im Sterben lag, bekam er drei Tage vorher eine Verwarnung durch eine Lilie, die an einem eisernen Kranz angebracht war, der im Chor hing. Diese Lilie kam dann jedes Mal auf wundersame Weise herunter und erschien in dem Stuhl des Bruders, dessen Lebensende nahe war. So wusste er, dass er spätestens in drei Tagen sterben würde. Einige hundert Jahre soll sich dieses Wunder wiederholt haben. So lange, bis ein junger Ordensbruder, der auch an seine Sterbestunde in dieser Form erinnert wurde, darüber lachte und die Art der Erinnerung verachtete. Er legte die Lilie in den Stuhl eines alten Bruders und fand, Sterben würde dem Alten besser als dem Jungen anstehen. Als der alte Bruder die Lilie erblickte, erschrak er furchtbar und wurde sehr krank. Aber er starb nicht, sondern genas alsbald. Aber der Junge, der die Warnung so verachtet hatte, wurde am dritten Tag durch einen jähen Tod aus dem Leben gerissen.

Schloss Corvey verbindet heute auf einzigartige Weise Kunst, Kultur, Architektur und Geschichte. Corveys ehemaliges Benediktinerkloster und heutige Schlossanlage schlägt in beeindruckender Weise die Brücke von der Vergangenheit zur Gegenwart, von der Kirche zur Gesellschaft.

Mit seiner Lage am Weserbogen und Weser-Radweg strahlt Corvey damals wie heute mit seiner mehr als 1200-jährigen Geschichte weithin und sucht in Europa seinesgleichen. Seit dem 21. Juni 2014 ist Corvey als UNESCO-Weltkulturerbe eingetragen.

So viele Entdeckungsreisen gibt es, wie das karolingische Westwerk, die barocke Schlossanlage, der Kreuzgang und die Äbtegalerie, aber auch der prächtige Kaisersaal und die facettenreichen Prunk- und Wohnräume aus dem 18. und 19. Jahrhundert. In der fürstlichen Bibliothek, in der einst der Dichter Hoffmann von Fallersleben als Bibliothekar wirkte, haben fast 75.000 Bände in 15 eleganten Sälen ihr Domizil gefunden.

Veranstaltungen, Ausstellungen und Konzerte wie die ›Corveyer Musikwochen‹ runden das vielseitige Bild des Schlosses ab. Ruhe und Entspannung spüren Sie gleich schon hinter dem Eingangstor der ehemaligen Abtei.

Die Weser entlang

Wie die Westfälische Pforte entstand

Die Bewohner des Wesertals wurden heftig vom Teufel gequält. Er wollte, dass sie ihm dienten. Er konnte machen, was er wollte – die Leute taten ihm einfach nicht den Gefallen. Voller Zorn verstopfte er die Lücke bei Bergkirchen, durch die der Fluss vor vielen Zeiten seinen Weg genommen hatte. Der Teufel freute sich, als er sah, dass das Wasser der Weser immer höher stieg, alles überschwemmte und aus dem Wesertal einen riesigen See machte. Die Leute schrien, sie rannten zu den Bergen, kletterten dort hinauf und mit Entsetzen mussten sie sehen, dass wilde Wellen immer höher kamen. Angst und Not machte die Menschen verzweifelt. Sie wussten kaum noch, was sie gegen das Wasser tun sollten, und so beteten sie laut und baten Gott um seine Hilfe. Verwundert beobachteten sie, dass ein gewaltiges Gewitter losbrach und einen Sturm mitbrachte, den sie so noch nie gesehen hatten. Blitz folgte auf Blitz und ein besonders heftiger kam krachend vom Himmel und war so mächtig, dass er das Gebirge auseinanderbrach und so eine tiefe Schlucht entstand. Durch diese Öffnung konnte das Wasser abfließen. Nach und nach tauchten die Täler wieder auf und wurden frei.

Wutschnaubend sah der Teufel, dass sein Plan misslungen war. Er raste durch die Luft, eilte in das Gebirge, packte sich einen ganzen Berg und schleppte ihn auf dem Rücken. Mit dem Berg wollte er die Lücke zustopfen. Doch der Weg war weiter, als er gedacht hatte, und das Gewicht des Berges drückte ihn sehr. An der Grenze des heutigen Lipper Landes stürzte der Teufel und wurde von dem Berg begraben. Heute nennt man die dadurch entstandene Anhöhe ›Bonstapel‹ – aber immer noch soll dort oben der Teufel sitzen und ab und an laut rumoren. Diese Bergschlucht, das ist die Westfälische Pforte.

Die Westfälische Pforte ist die Porta Westfalica. Der Volksmund nennt sie auch Porta oder Weserscharte. Dies ist das Durchbruchstal der Weser zwischen Wiehengebirge und Wesergebirge im nordöstlichen Teil von Nordrhein-Westfalen.

An der Porta Westfalica verlässt der von Süden kommende Fluss Weser das Weserbergland und fließt in Richtung Norden in die Norddeutsche Tiefebene.

Der Baxmann

Einst lebte in Oldendorf der Wirt des Ratskellers und Stadtmusikant, der Baxmann hieß. Man ging ihm allzu gern aus dem Weg. Denn es wurde gemunkelt, er habe mit dem Bösen einen Pakt geschlossen. Baxmann war durch Kornschmuggel und Betrügereien reich geworden. Er sollte auch Wanderer, die bei ihm einkehrten, in der Nacht überfallen und getötet haben. Auch hierdurch vermehrte sich sein Reichtum, so lange, bis er krank wurde und starb.

Aber es war seltsam: Die Trauergäste, die ihm das letzte Geleit gegeben hatten, kehrten in die Stadt zurück und entdeckten voller Entsetzen, dass der Baxmann aus dem Fenster seines Hauses guckte. Es blieb ihnen nichts anderes übrig, als ihn ein zweites Mal zu begraben. Als hiernach die Leute erleichtert den Friedhof verließen, ging doch tatsächlich der eben Beerdigte mit ihnen zurück. Er blieb in seinem Haus und trieb in den Nächten darin ein arges Unwesen. Wenn er auch den Bewohnern des Hauses nichts Böses antat, er war ihnen und auch den Nachbarn unheimlich. Die Oldendorfer wandten sich an das Paderborner Kloster und baten hier um Hilfe. Das Kloster schickte ihnen zwei Mönche, die Baxmann für immer aus Oldendorf verbannen sollten. Gebannt kam er auf einen Wagen, der von vier schwarzen Pferden gezogen wurde. So verließ er das Ostertor, über Barksen hin zum Wald. Und je näher Baxmann samt Gespann dem Wald kam, desto schwerer gingen die Pferde. Schweiß brach ihnen so heftig aus, dass sie bald wie Schimmel aussahen. Der Knecht, der lenkte, hatte sich unvorsichtig umgesehen und dabei brach der Bann und Baxmann eilte nach Oldendorf zurück.

Es half nichts, die beiden Mönche mussten ein zweites Mal ihres Amtes walten. Dieses Mal nahmen sie Baxmann in die Mitte und es gelang, den Wagen mit dem Gebannten durch das Hohensteintal und das Totental hinauf bis zur Quelle des Hollenbaches zu bringen. An dieser Quelle, die man später den ›Baxmannsbrunnen‹ nannte, wurde Baxmann gebannt. Die Mönche sagten ihm, wenn er die Quelle mit einem Sieb leer schöpfen würde, wäre der Bann gebrochen. Erleichtert glaubten die Oldendorfer, dass sie ihn nun für immer losgeworden wären. Aber für Baxmann sollte noch einmal die erlösende Stunde schlagen.

In dem Jahr wurde der Winter sehr kalt und streng, Bäche froren bis auf den Grund zu und selbst die Quellen versiegten.

Da sah der listige Baxmann seine Stunde gekommen und er zerschlug die Eisplatten. Die Eisstücke füllte er in das Sieb und schüttete sie auf die Wiese. So befreite er den Brunnen vom Eis und traf auf die Erde. Überaus erleichtert stellte er fest, dass er frei war.

Mit Schrecken hörten die Oldendorfer von der Rückkehr Baxmanns und er stand auch wieder am Fenster seines Hauses. Sie wollten ihn nicht und ließen abermals die Mönche aus Paderborn kommen, die ihn an die Quelle bannen sollten. Jetzt sollte er mit einem Fingerhut den Born ausschöpfen. Bislang ist ihm das nicht gelungen. So wird er wohl bis ans Ende der Zeiten die Baxmannqualen ertragen.

Im Landkreis Hameln-Pyrmont nahe der Weser liegt die Stadt Hessisch-Oldendorf. Ihr wurde 1905 von Amts wegen der Zusatz ›Hessisch‹ hinzugefügt, um den Namen von anderen gleichlautenden Orten zu unterscheiden. Postalisch und behördlich war der Zusatz bereits länger üblich. Zu jener Zeit gehörte die Stadt zur preußischen Provinz Hessen-Nassau. Durch die Stadt führen der Weserradweg und die Deutsche Märchenstraße. Der Baxmann-Brunnen wurde 2003 in Erinnerung an Cord Baxmann errichtet, den sagenumwobenen Ratskeller-Wirt, Tornemann und Stadtmusikus, der von 1599 bis 1690 in Oldendorf lebte.

Die Kinder von Hameln

Es geschah im Jahr 1284. Ein Mann von wunderlichem Aussehen und bunter Tracht kam in die Stadt Hameln. Er war ein Rattenfänger und versprach, gegen ein gewisses Geld die ganze Stadt von Ratten und Mäusen zu befreien. Das wurde ihm von einem hohen Rate und der Bürgerschaft zugesichert. Daraufhin zog der Mann ein Pfeifchen hervor, ging durch die Gassen und pfiff, wie es heutzutage in manchen Städten Hirten und Nachtwächter tun, weil das Blasen auf einem Kuhhorn nicht städtisch genug klingt. Und siehe, da kamen die Ratten und Mäuse aus allen Häusern gesprungen und liefen in Scharen hinter ihm drein, wie vordessen hinter dem Bischof Hatto von Mainz.

Da der Rattenpfeifer durch alle Gassen gegangen war, wandelte er mit seinem grauen Gefolge durch das Wesertor hinaus, dem Fluss zu. Er hob sein Gewand, ging in das Wasser, Ratten und Mäuse folgten ihm blindlings und ersoffen wie Pharaos Heer im Roten Meer. Nun waren aber die Bürger zu Hameln in damaliger Zeit so erschrecklich klug, wie viele Menschen noch heutzutage nicht nur zu Hameln, sondern überall. Sie legten den Maßstab des Lohns nicht an die Kunst und Wissenschaft, falls die einer hatte, sondern an die Arbeit und Plage, die einer hat, um etwas zu vollbringen. Sie sprachen unter sich: »Es ist doch ein sündhaftes Geld, was dieser Rattenfänger sich für so gar keine Mühe ausbedungen hat. Ja, hätte er Fallen gestellt und in jedem Haus Gift gelegt, da ließe sich seine Forderung hören – aber so? Und ist es nicht von Übel, dass er das Ungeziefer in die Weser gelockt hat, wo es nun die Fische fressen? Da mag nun ein anderer Weserfische essen, wir danken dafür. Und – wie hat er es überhaupt vollbracht? Mit einem Satanskunststück! Vielleicht ist es gar nur ein Blendwerk; wenn er das Geld hat und fort ist, haben wir dann die Ratten wieder. Wir werden ihm nur den halben Lohn geben. Wenn ihm das nicht recht ist, werden wir ihn als einen Zauberer in den Turm werfen und abwarten, ob die Ratten und Mäuse wiederkommen.«

So redeten zuerst nur unter sich die Vorsichtigen und Weisen, aber auch höchst sparsame Bürger und Rastherren zu Hameln. Sie trugen ihre Bedenken dem Rattenfänger vor, boten ihm das halbe Geld und drohten mit dem Turm. Da nahm der Künstler das Geld und ging im Zorn.

Darauf geschah, dass am Tage Johannis und Pauli, der beiden heiligen Märtyrer, am 26. Tag des Heumondes, während die Leute in der Kirche waren, derselbe Rattenfänger in den Straßen zu Hameln gesehen wurde. Dieses Mal in der Tracht eines Jägers, mit schrecklichem Gesicht, mit einem roten, wunderlichen Hut und pfiff durch alle Gassen. Es kamen aber keine Ratten und Mäuse aus den Häusern, denn die blieben vertrieben und aufgerieben. Wohl aber kamen die Kinder, Knaben und Mädchen vom vierten Jahr an und liefen dem Rattenfänger nach, auch eine schon ziemlich große Tochter des Bürgermeisters, der am meisten den Künstler bedrängt hatte. Die Kinder folgten ihm mit sichtlich großer Freude, führten sich an den Händen und hatten große Lust. Selbst ein blinder und ein stummer Knabe gingen als die Letzten mit im Zuge. Der Stumme führte den Blinden und hinterdrein kam auch noch eine Kindsmagd, die ein Kind im Mantel trug – sie wollte sehen, wo es hingehen sollte. Der Schwarm zog, den Jäger an der Spitze, die schmale Gasse zum Ostertor hinauf und dann raus nach dem Koppelberg zu. Der tat sich auf, der Pfeifer ging voran, die Kinder folgten, nur der stumme Knabe, der den Blinden führte, blieb draußen, weil der Blinde nicht so schnell rennen konnte, denn knapp vor ihnen tat sich der Berg mit einem Mal wieder zu. Da drehte sich die Kindsmagd auch um und brach in großes Geschrei aus, dass die Kinder in den Koppelberg geführt worden seien. Welch großer Schrecken! Die Kirche wurde geschlossen, die Eltern eilten voller Angst zum Berge, kaum fanden sie noch eine schmale Schlucht als Wahrzeichen.

130 Kinder verschwanden auf diese Weise. Nie mehr kamen sie wieder und es war in der ganzen Stadt ein herzzerreißendes Jammern und Wehklagen und aufs Neue wurde schmerzlich offenbar, dass blödsinniger Geiz und torheitsvolle Sparsucht die Wurzeln allen Übels sind.

Lange, lange trauerte Hameln um seine verlorenen Kinder; zwei steinerne Grabkreuze wurden ihnen an der Stelle geweiht, an der der Berg sind hinter den Kindern geschlossen hatte. Eins war für die Knaben und eins für die Mädchen.

In der Straße, durch die der Zug zuletzt gegangen war, durfte nie wieder Trommelschall und Musikgetöne lautbar werden, selbst die Musik der Brautzüge musste in ihr verstummen, deshalb wird sie auch bis heute Bungen(Trommel)-Straße genannt, weil in ihr nicht getrommelt werden darf.

Der Unglückstag blieb schwarz angestrichen in Hamelns Annalen; das Rathaus verewigte sein Andenken in einer Steinschrift:

Im jar 1284 nach Christi gebort
Tho Hamel worden uthgevort
Hundert und driezig kinder dosülvest geboren
Dorch enen Piper unter den köppen verloren.

An der neuen Pforte wurde die Kunde lateinisch in Stein geschrieben. Im Jahre 1572 ließ der damalige Bürgermeister die Wundermär in der Glasmalerei der Kirchenfenster bildlich erneuern, die, unsterblich geworden, immer weiter fortlebte.

Noch geht die Sage, dass die Kinder von Hameln unter der Erde nach Siebenbürgen geführt worden seien, wo sie wieder ans Tageslicht gekommen seien und dort, nachdem sie erwachsen, den sächsisch-deutschen Volksstamm gegründet hätten. Den grausamen Rattenfänger und Teufelspfeifer, den hat niemand je wieder gesehen, aber nach ihm haben alle Ratten und Mäusefänger des Heiligen Römischen Reichs Jägertracht angelegt und sich fortan Kammerjäger genannt, wie es Kammerknechte, Kammerboten und andere Kammerbetitelte gab und noch gibt.

Der Rattenfänger von Hameln ist eine der bekanntesten deutschen Sagen und wurde in mehr als 30 Sprachen übersetzt. Man sagt, dass über eine Milliarde Menschen sie kennen. Im Ausland gehört sie oft zur Ergänzung des Schulunterrichts; besonders in Japan und in den USA ist die Sage sehr beliebt.

Ursprünglich handelt es sich um zwei selbstständige Sagen. Die ursprüngliche Kinderauszugssage wurde wohl erst Ende des 16. Jahrhunderts mit einer Rattenvertreibungssage verbunden. Die Wahrscheinlichkeit, dass beide Sagenteile einen historischen Kern haben, ist unterschiedlich groß. In den mittelalterlichen Ratsbüchern der Stadt Hameln ist zum Beispiel nirgends nachweisbar, dass die Stadt einem Rattenfänger Lohn versprochen oder ausbezahlt hätte.

Man fragt sich, ob Ratten überhaupt auf den Klang einer Flöte reagieren. Wissenschaftliche Untersuchungen sagen, dass dies bei der üblichen Frequenz damals gebräuchlicher Flöten nicht bestätigt werden konnte.

Der zweite Sagenteil – der Auszug der Kinder von Hameln – könnten junge Hamelner Bürger gewesen sein, die von adligen Territorialherren oder Lokatoren zur Siedlung im Osten angeworben wurden.

Der Onomastikprofessor Jürgen Udolph präzisierte 1997 diesen Teil der Geschichte: Auswanderer hatten die Angewohnheit, neu gegründete Orte in ihren Zielgebieten nach Orten aus ihrer alten Heimat zu benennen. Im Zuge der mittelalterlichen Ostkolonisation lassen sich Ortsnamen aus der Hamelner Region vor allem im heutigen Bundesland Brandenburg lokalisieren, insbesondere in den Regionen Prignitz und Uckermark. So ist beispielsweise der Name des in der Nähe von Hameln gelegenen Ortes Hamelspringe (dieser Name bedeutet: ›Ort, wo der Fluss Hamel entspringt‹) als Hammelspring in den Landkreis Uckermark im heutigen Bundesland Brandenburg übertragen worden, obwohl dort überhaupt kein Fluss ›Ham(m)el‹ entspringt. Ebenso dürfte der Name der Grafschaft Spiegelberg im Weserbergland zur Benennung des Ortes Groß Spiegelberg bei Pasewalk geführt haben.

Die Zwergenkuh

Ungefähr eine halbe Stunde von dem Dorf Goldbeck entfernt, in Richtung Rinteln, finden sich an einem Berg etliche Höhlen. In diesen Höhlen, da wohnten einstmals Zwerge.

In der Nähe befand sich der Hof eines Bauern, dessen Kühe gewöhnlich in der Nähe der Höhlen weideten. Der Hirte beobachtete, wie sich mit einem Mal jeden Morgen eine fremde Kuh unter seine Tiere mischte. Sie war so glatt, so schön, dass sie wie Gold glitzerte und glänzte. Abends aber, wenn er heimtrieb, war sie bei den Höhlen plötzlich verschwunden.

Das erzählte der Hirte eines Abends seinem Herrn. Und der sagte: »Dafür könnten sie dir wohl ein Trinkgeld geben, wenn du ihnen täglich ihre Kuh mit auf die Weide treibst.« Das hörten die Zwerge, die sich allzu gern unsichtbar in der Stube des Bauern aufhielten. Am nächsten Morgen, als der Hirte mit seiner Herde wieder bei den Zwerglöchern vorbeitrieb, fand er vor einer Höhle einen Groschen. Und so ging dieses nun fort für alle weiteren Tage. Als dies der Bauer erneut hörte, sagte er: »Können sie das, so können sie dir auch ein Frühstück geben.« Und tatsächlich, am anderen Morgen, als der Hirt wieder an der Höhle vorüberkam, lag neben dem Groschen ein Pfannkuchen. Einen solchen fand er nun zu dem Groschen jeden Tag vor.

Das Dorf Goldbeck liegt im Weserbergland und ist der südlichste Ortsteil der Stadt Rinteln im Landkreis Schaumburg. Dieses Dorf wird zum ersten Mal im Jahr 1013 als Goltbiki oder Goltbike urkundlich erwähnt. 1016 entstanden weitere Schreibweisen wie Golthbeke, später Goltpeche und 1564 Goltbecke.

Taube hält den Feind ab

Im Dreißigjährigen Kriege wurde die Stadt Höxter oder Huxar im Corvenschen von den kaiserlichen Soldaten eingeschlossen und konnte nicht übernommen werden. Endlich aber kam der Befehl, dass die Bewohner mit schwerem Geschütz geängstigt werden sollten. Wie nun bei einbrechender Nacht der Fähnrich die erste Kanone losbrennen wollte, flog eine Taube zu ihm hin und pickte ihn in die Hand und dadurch verfehlte er das Zündloch. Er überlegte und sagte dann: »Es ist Gottes Wille, dass ich nicht schießen soll«, und ließ deshalb von seinem Vorhaben ab. In der Nacht kamen die Schweden und die Kaiserlichen mussten abziehen. So wurde Höxter für dieses Mal gerettet.

Die Stadt Höxter, die mitten im Weserbergland liegt, wurde das erste Mal im Jahr 823 urkundlich erwähnt und gehört zu den ältesten Städten Norddeutschlands. Der Bau einer Siedlung wurde durch eine fast hochwasserfreie Lage in der Weserniederung und eine in der Nähe aufgeschwemmte Furt begünstigt. Schon um 800 bestand hier eine Missionskirche, die dem heiligen Kilian geweiht war.

Hackelberg

Eines Abends brachen zwei junge Männer aus Bergkirchen auf, gingen durch den Wald und wollten im nächsten Dorf ihre Bräute besuchen. Über sich hörten sie in der Luft zum einen wildes Hundegeheul und zum anderen eine Stimme, die rief: »Ho – to, ho – to!« Das war Hackelberg, der wilde Jäger mit seiner Jagd. Einer der jungen Männer äffte ihn nach: »Ho – to, ho – to!« Da kam Hackelberg mit seinen Hunden heruntergefahren und hetzte die Meute auf den Verwegenen zu.

Von dem Unglücklichen wurde nie wieder eine Spur gefunden.

Hackelbergs Hund

Bei seinem Umzug in den Zwölften ließ Hackelberg seinen Hund im Haus zurück, der am Herd lag und nichts als Asche (stôf) gefressen hatte. Die Leute wollten ihn nur zu gern loswerden, wussten aber nicht, wie sie das anfangen sollten. Endlich aber sagte ihnen einer, sie sollten Essen in einem Eierdopp kochen, was sie auch taten. Als der Hund das sah, fing er an zu sprechen und fragte, was das werden solle. Sie sagten ihm, das solle sein Fressen werden; da ging er davon und kam nicht mehr wieder.

Die Sagen über den wilden Jäger oder Hackelberg enthalten zwar manches, das aus anderen Quellen bekannt ist, sie bieten aber auch mehrere neue Züge.

Der physische Ursprung der ganzen Sage ist, dass der tosende Sturmwind eine Veranlassung dazu gab. Es heißt in einigen Versionen der Sage, Hackelberg lasse sich hören, wenn der Nordwestwind scharf durch die Bäume weht; oder dass Hackelberg Menschen durch die Luft führen könne. In anderen Sagen wird erzählt, dass der wilde Jäger oder das wilde Heer durch offen stehende Türen fahre. Die Erscheinung Hackelbergs ist auch mit Regen verbunden. Da er zugleich ein feuriges Aussehen hat, kann man an feurige Lufterscheinungen, also an den Blitz, denken. Der wilde Jäger teilt Ohrfeigen aus oder wirft einem Bauern die Mütze ab. Dessen Gesicht beginnt anzuschwellen und er stirbt am anderen Tag. Also wurde der Bauer vom Blitz getroffen. Die Macht des wilden Jägers scheint noch ausgedehnter zu sein und er wird als Herr der Wettererscheinungen aufgefasst.

Hünenspiel

Bei Höxter, zwischen Godelheim und Amelunxen, liegen der Brunsberg und der Wiltberg. Hier hatten die Sachsen ihre Burgen, als sie einst mit Karl dem Großen kämpften. Nach der Sage der Godelheimer wohnten dort Hünen, die so groß waren, dass sie sich morgens, wenn sie aufstanden, aus ihren Fenstern grüßend, die Hände herüber- und hinüberreichten. Sie warfen sich auch Kugeln zu und ließen sie hin und her fliegen. Das war ihr Ballspiel. Einmal fiel eine solche Kugel mitten ins Tal und schlug ein gewaltiges Loch in die Erde. Noch heute ist es zu sehen. Man nennt es die Knäuelwiese.

Die Riesen herrschten in dem Land, bis ein mächtiges kriegerisches Volk kam und mit ihnen stritt. In dieser so entstandenen großen Schlacht floss das Blut durch das Tal und die Weser färbte sich rot. Alle Hünen kamen um, ihre Burgen wurden erobert und das neu angekommene Volk herrschte von nun an in dieser Gegend.

Nach einer anderen Erzählung sandte der Riese vom Brunsberg dem vom Wiltberg täglich einen Brief, den er in ein großes Garnknäuel gewickelt hatte. Sie warfen es hinüber und herüber. Eines Tages fiel das Knäuel in Lauf, einem Holze unter dem Braunberge, nieder. Hier entstand ein großer Teich, in dem viele weiße Lilien wachsen. Und jedes Jahr am Ostermontag kommt die weiße Frau hierher, um sich zu waschen.

Der Brunsberg im Weserbergland ist circa 300 Meter hoch und liegt am Rande von Höxter-Godelheim. Hier befinden sich die Reste der Brunsburg.

Wer gerne wandert, genießt den Panoramaweg rund um Höxter. Aus jeder Himmelsrichtung gibt es herrliche Ausblicke auf die historische Fachwerkstadt Höxter und die idyllische Umgebung. Ein Wanderer wird den Wildberg sehen, weite Täler und eine malerische Flusslandschaft. Möglich, dass ihm auf den 18 Kilometern Weg die Riesen begegnen. Wenn nicht, sieht er aber die historische Altstadt von Höxter, das Schloss Corvey und die Klosterruine tom Roden.

Der letzte Riese

In der Gegend von Hameln liegt Oehrmanns Hof. Hier hat der letzte Riese gewohnt, von dem man sich manches erzählt. So wird gesagt, dass die Frau den Riesen einmal gebeten habe, für sie kleines Holz zu holen. Da brachte er Sägespäne. Darüber war sie ärgerlich und sagte, er solle großes Holz bringen. Er sei in den Wald gegangen und habe ein paar Eichen bei den Kronen gepackt, sie ausgerissen und herbeigeschleppt.

Ein anderes Mal fuhr er Holz aus dem Wald heraus. Dabei brach ein Schenkel an der Achse der Vorderräder. Er sprang schnell hinzu, packte die Achse, noch ehe der Wagen kippte, schulterte das Rad und fuhr so lustig singend nach Hause. Als er zu seinem Hof kam, ereilte ihn ein neues Missgeschick. Die Bäume waren so lang, dass er an der Wegbiegung nicht ins Tor kam. Kurz entschlossen fasste er die beiden Schenkel der Hinterachse, brachte so den Wagen in die passende Richtung und fuhr schnell auf den Hof.

Der Riese sollte auch Soldat werden, nur hatte er dazu keine Lust. Da schickte man ihm die stärksten Männer aus dem Heer, um ihn zu holen. Sie trafen ihn auf dem Feld an, als er hinter dem Pflug ging. Als er sie kommen sah, nahm er den Pflugbaum, schwang ihn ein paarmal über seinem Kopf und rief: »Kennt ihr die Sprache?« Sie müssen ihn wohl verstanden haben, denn sie kehrten sofort um. Aber am nächsten Morgen kamen sie zu früher Stunde wieder. Da der Riese noch im Bett lag, schafften sie alles, womit er sich hätte wehren können, beiseite. Während sie sich um sein Bett stellten, reckte er sich und drückte dabei das ganze Gestell so auseinander, dass er die zu Häupten und Füßen Stehenden gegen die Wand quetschte, dass ihnen das Blut nur so herausspritzte. Er hatte sich lange gewehrt, aber letztendlich bezwangen sie ihn doch. Zur Strafe musste er eine eiserne Karre, die an die 15 Zentner schwer war, nach Wetzlar schleppen.

Sehr schön und interessant ist das ›Deutsche Märchen- und Wesersagenmuseum‹. Es wurde 1973 in einer der schönsten Villen am Bad Oeynhausener Kurpark eröffnet und geht auf die Initiative des Schriftstellers Karl Paetow zurück. Die ständige kulturgeschichtlich angelegte Ausstellung erläutert an bekannten Beispielen, wer Märchen und Sagen gesammelt bzw. geschrieben hat und wovon sie erzählen. Wechselnde Sonderausstellungen ergänzen die Dauerausstellung. Die Museumsbibliothek mit ihren rund 13.000 Bänden Primär- und Sekundärliteratur ist während der Woche auch für Museumsgäste zugänglich.

Deutsches Märchen- und Wesersagenmuseum:
Am Kurpark 3, museum@badoeynhausen.de, www.badoeynhausen.de

Das Kieltröbchen oder Kielkröbchen

Die Schinonten stahlen einer Bäuerin am Dümmersee ihr noch nicht getauftes Kind und legten stattdessen ein gefangenes Wasserweibchen oder, wie die Sage lautet, ein Kielkröbchen hin. Nur dieses Kielkröbchen gedieh einfach nicht. In ihrer Sorge fuhren seine vermeintlichen Eltern mit ihm über den Dümmer, damit es in Rulle wieder gesund werde. Während der Kahn über die Flut des Dümmer dahinglitt, zwischen weißen und gelben Seerosen, die auf dem Wasser wie Sterne aussahen, tauchte ein anderes Kielkröbchen aus der Tiefe auf und rief:

»Kielkröbken, wo wustu hen?«
Darauf antwortete jenes aus dem Kahn:
»Ick will na Rulle
Un da mi laten weihen
up dat ick mag gedeihen
as en änner Kind.« *

* Norddeutsche Sagen, Nr. 36, 2, und unten Nr. 75; Pröhle, Unterharzsagen, Nr. 156. Nach einer in den Mitteilungen gegebenen Anmerkung wurden (nach dem Pastoratlagerbuch in Bramsche) zu Rulle und auf der Johannitercommende am Johannistag Kinder gegen Brot gewogen; der einstige Mitteiler verweist zugleich auf Grimm, Deutsche Sagen, Nr. 82: Weihen ist dem Neuhochdeutschen wiegen gleichzusetzen, doch hat der Spruch bei Grimm auch wigen und gedigen, Weihen oder Taufen scheint wohl das Richtigere zu sein. Der Name Schinonten ist entweder eine Entstellung aus Schönaunken oder Schin und hat dieselbe Bedeutung wie schînhelle, lichthell.

Der goldene Kegel

Bei Ärzen, zwischen Pyrmont und Hameln, liegt der Lüningsberg. Hierauf haben weiße Geister über dem Rasen des Nachts mit goldenen Kugeln nach goldenen Kegeln geschoben. Es rollte und klingelte derart, dass die Vögel erwachten und Tiere aus dem Wald kamen. Von den Büschen aus schauten sie zu. Nur zu den Menschen wagten sie sich nicht. Jedes Tier, das dies versuchen wollte, überkam ein heimliches Grauen.

Ein kecker Webergeselle fasste sich ein Herz – er glaubte, solch ein goldener Kegel sei mehr wert als ein hölzerner Webstuhl und wollte sein Glück jetzt mit den Geistern versuchen.

In einer lauen Sommernacht erstieg er den Lüningsberg, ging in den Wald, kam zu dem Geisterrasen und sah des Berges kleine weiße Geister, wie sie eifrig Kegel schoben und keinen Kegeljungen dazu brauchten. Die Kugeln rollten von selbst zurück und die Kegel stellten sich von selbst wieder auf. Pfeilschnell und klingend rollten die Kugeln, mit tönendem Hall sanken die Kegel, die Tiere lauschten und die Vögel huschten im Gezweig. Und da flog ein Kegel um, der zu dem Weberburschen hinrollte. Dieser lag ängstlich im Gebüsch, aber er hatte den Kegel in der Hand, wusste selbst nicht, wie ihm geschehen war, und raste sehr schnell davon. Als die Geister den Verlust ihres

Kegels bemerkten und sahen, wer ihn hatte, flitzten sie hinter dem Webergesellen her. Der war schon weit, lief über die Wiese unten am Berg, wo die Humme floss. Ein Baumstamm lag über ihr als Brücke von einem Ufer zum anderen. Als er auf den morschen Stamm trat, merkte er, dass die Geister dicht hinter ihm waren. Da verfehlte er den richtigen Tritt und sprang hinunter in den Bach. Er hörte Stimmen rufen: »Das war dein Glück! Im Wasser haben wir keine Macht! Hätten wir dich zu Lande erreicht, so hätten wir dir den Hals umgedreht.« Sie schwebten von dannen. Der Geselle hielt den Kegel fest, kam nach Hause und baute vom Gold des Kegels ein Haus, freite sein Mädchen und wurde glücklich.

Am Mühlbach kann man das Haus sehen. Eine große Linde steht davor, es wird auch am Lüningsberg die Geisterkegelbahn gezeigt, aber die Geister kegeln seit diesem Ereignis nicht mehr. Ohne ihren neunten Kegel macht ihnen das Spiel wohl keinen Spaß.

Selbst heute wohnen in Ärzen nicht viele Menschen – es sind so an die gut 10.000. Dieser Marktflecken liegt im Weserbergland und nördlich von Ärzen befindet sich der Lüningsberg.

Teufel, Spukgeister, Hexen und die Nachtmahren aus der Senne bis zum Eggegebirge

Der Farrensamen*

Der Farrensamen besitzt eine wunderbare Eigenschaft: Er macht unsichtbar. Einfach ist es nicht, ihn zu finden. Aber man weiß, dass er nur in der Mittsommernacht zwischen zwölf und ein Uhr reift. Um eins fällt er sofort ab und ist verschwunden.

Ganz wunderlich ging es einem Manne damit. Gerade in der besonderen Nacht suchte er sein verloren geglaubtes Füllen. Dadurch kam er auf eine Wiese, in der der Farrensamen reifte und ihm in die Schuhe fiel. Am Morgen kehrte er nach Hause zurück, ging in die Stube und setzte sich. Es kam ihm recht seltsam vor, dass ihn seine Frau und auch die Hausgenossen so gar nicht beachteten. Er machte sich bemerkbar und sagte: »Ich habe das Fohlen nicht gefunden.« Alle, die sich in der Stube befanden, erschraken. Denn sie hörten die Stimme des Mannes und sahen doch niemanden. Da rief ihn seine Frau mit seinem Namen. Sie glaubte, er habe sich versteckt. Er aber stand mitten im Raum. »Was rufst du mich? Ich stehe doch vor dir.«

Da wurde der Schreck unter den Anwesenden noch größer. Sie hatten ja das Aufstehen und Gehen gehört, aber sie sahen nichts.

Da merkte der Mann, dass er unsichtbar geworden war. Zugleich fiel ihm ein, dass er wohl Farrensamen in den Schuhen habe, denn diese drückten, als wenn Sand darin wäre. Er zog sie von den Füßen ab und schüttelte sie aus. Während er dies tat, stand er wieder sichtbar vor der Frau und seinen Hausgenossen.

---

* Der Farrensamen spielt in den Hexensagen eine bedeutende Rolle.

Der Jungfernborn

Bei Alverdissen im Lippschen steht ein Brunnen, der ›Jungfernborn‹ genannt wird, weil sich dort so manches Mal weiße Jungfern sehen lassen. Man hütet sich, in ihre Nähe zu kommen, denn es soll hier nicht recht geheuer zugehen.

Als einer des Nachts vorbeikam, sah er ein rotes Sieb, das sich auf dem Brunnen drehte. Eine der Jungfrauen saß dabei; ein anderes Mal stand eine Haspel mitten auf dem Weg, der an dem Brunnen vorbeiführte. Auch sagte man sich, dass hier Fuchs und Hase umgingen. Wieder einmal kam einer am späten Abend vorbei und sah den Fuchs und den Hasen. Es schien ihm, als wollte der Fuchs gerade den Hasen packen. Der Wanderer dachte: »Du sollst ihn doch auch nicht haben«, und schlug mit dem Stock nach ihm. Im selben Augenblick aber hob es den Mann hoch und als er wieder zur Besinnung kam, stand er oben auf dem Berge, so eine halbe Stunde von Alverdissen entfernt. Mühsam musste er sich nach Hause schleppen und kam verstört und leichenblass dort an. Von diesem Tag an siechte er dahin und starb bald darauf.

So klein der Flecken Alverdissen auch ist, so hat er aber eine lange Geschichte. Seine erstmalige Erwähnung stammt aus dem Jahre 1151 und befindet sich in einem Verzeichnis der Besitzungen des Stifts Herford als Alwerdessen.

Um 1370 erhielt der Ort das Stadtrecht von den Grafen zu Sternberg, welches es 1424 vermutlich wieder verlor. Edelherr zur Lippe und der Graf von Schaumburg vertrugen einander nicht und zerstörten im Kampf Alverdissen und beschädigten dabei auch die Burg.

Pölterken

In Siddinghausen bei Büren gibt es einen Spukgeist, der heißt ›dat stumpe dink‹. Es wird auch das Pölterken genannt. In der Nacht, da erscheint es in der Gestalt eines Esels und hat tellergroße Augen. Manchmal wird das Pölterken wirklich für einen Esel gehalten. Da gibt es Leute, die versuchen, ihn zu reiten. Wer das aber einmal probiert hat, weiß um das große Entsetzen – denn er fällt hindurch, so, als wäre gar nichts da.

Hexe in Warburg

In einem Dorf in der Nähe von Warburg wurde schon lange eine Frau der Hexerei verdächtigt. Zwei Männer belauschten sie heimlich und schlichen eines Abends an ihr Fenster und guckten durch die Ritzen der Vorhänge. Sie sahen, dass die alte Frau ein weißes Tuch mit Fransen über den Tisch gelegt hatte. Sie fasste die Fransen wie das Euter einer Kuh und es sah aus, als wenn sie daran melken würde. Dabei murmelte sie den Namen irgendeines Bauern aus dem Dorfe. Die Männer schauten zu, so lange, bis die Alte sagte: »Nun de Stürbacksche.« Das allerdings war der Name von einem der beiden, die ihr zuguckten. Wütend zerschlugen sie ihr die Fensterscheiben.

Es war den Bauern im Dorf schon immer ein Rätsel gewesen, dass all ihre Kühe selbst mit bestem Futter so wenig Milch gaben. Als die Hexe sich verraten sah, ließ sie aus Furcht vor Strafe von ihrem Treiben ab. Seitdem geben die Kühe im Dorf wieder so viel Milch wie früher.

Warburg ist heute eine reizvolle mittelalterliche Stadt. Da die Stadt im Zweiten Weltkrieg weitgehend verschont wurde, blieb der historische Stadtkern erhalten. Die Stadt, die im Mittelalter zur westfälischen Hanse gehörte, wird heute wegen der größtenteils noch vorhandenen Stadtmauer und der Stadttürme auch als das Rothenburg Westfalens bezeichnet.

Das Spinnweibchen

Südöstlich der Stadt Büren liegt das kleine Hegensdorf. In dem Ortsteil Okental im Okendahl aber sitzt das Spinnewiwerken (Spinnweibchen), und dies muss immerzu spinnen. Als das Spinnweibchen noch lebte, wollte es unbedingt am Abend vor einem Festtage sein Stück Garn voll haben und spann bis nach zwölf Uhr. Zur Strafe muss es nun im Okendahl spinnen bis an den jüngsten Tag.

Der Zwerg Anton

Bei Alverdissen befindet sich ein kleiner Busch. Früher hieß er die Helle, aber jetzt nennt man ihn Küsterbusch. Hierin wohnten vor langer Zeit unter einem Stein Zwerge.

Es gab auch einen Mann, der sich von einem Geldverleiher 200 Taler geliehen hatte, die er nun zurückzahlen sollte. Aber er konnte nicht zahlen, ging traurig zurück und plötzlich stand ein Zwerg vor ihm und fragte, was ihm fehle. Da erzählte er ihm seine Geschichte und der Zwerg sagte, er solle nur mitkommen. Sie spazierten zu dem Stein nach Helle und der Zwerg verschwand darunter. Aber schnell kam er mit 200 Talern wieder heraus und überreichte sie dem Manne. »Ich leihe sie dir, aber übers Jahr auf Tag und Stunde muss ich sie wiederhaben. Dann komm her und rufe: ›Anton‹, dann komme ich und nehme sie dir ab.«

Glücklich ging der Mann nach Hause und fand sich auch zur verabredeten Zeit nach Jahresfrist wieder ein. Eine ganze Weile rief er vergeblich, so lange, bis ein anderer Zwerg aus dem Stein kam und sagte: »Der Anton, der ist tot. Geh du nur heim und behalte das Geld.«

Die Unterirdischen zu Uchte

In Steddings Haus zu Uchte hielten sich einstmals auch Unterirdische auf. Sie brachten dem Stedding einen großen Korb mit Pferdemist, um sich für die ihnen gewährte Wohnung zu bedanken. Er aber dachte: »Was soll ich mit dem Mist?«, ging zum Fluss und schüttete ihn ins Wasser. Als er wieder nach Hause kam und den Korb hinstellte, hörte er es klimpern. Als er nachsah, entdeckte er ein Goldstück und in den Korbritzen noch weitere. Das war das bisschen Mist, was noch hängen geblieben war. Darauf rannte der Stedding mit seinen Leuten zum Fluss und holte allen Mist wieder heraus. Aber der ist das geblieben, was er war, eben Mist.

Später zogen die Unterirdischen übers Meer fort. Ihnen waren die Leute in der Gegend zu klug geworden. Den Schiffer, der sie hinüberfuhr, hatte aber niemand gesehen. Man sah nur an dem tiefen Gange seines Schiffes, dass sich darin eine schwere Last befand.

Viele sagten auch, dass man in einem Haus, in dem sich die Unterirdischen aufgehalten haben, keine Kälber großziehen könnte, weil die Zwerge ein neidisches und missgünstiges Völkchen gewesen seien.

Uchte liegt in der Samtgemeinde Uchte im Landkreis Nienburg an der Weser. Jahrhundertelang wurde hier im Großen Moor westlich des Ortes mit der Hand Torf gestochen, der der Bevölkerung als Brennmaterial diente. Ab den 1920er Jahren setzte der industrielle Torfabbau ein.

Der kleine Ort begann 2005 durch den Fund eines Mädchens im Uchter Moor überregional bekannt zu werden – es wurde Moora genannt. Die etwa 2650 Jahre alte Moorleiche ist gut erhalten und die Überreste wurden in den Jahren 2000 und 2005 beim Torfabbau im Großen Moor gefunden.

Zwerge auf der Hochzeit

Auf der Hofstätte Woltershof in Woltringhausen fand einmal eine Hochzeit statt. Auf dieser Feier fanden sich auch die Unterirdischen ein, denn unter den Gästen der Hochzeitsgesellschaft waren einige, die die Gabe besaßen, diese zu sehen. Sie nahmen wahr, wie die Zwerge erst unter dem großen Birnbaum vor dem Hause lustig nach der Musik tanzten und umhersprangen und nachher mit zu Tisch gingen. Sie spazierten fröhlich auf der Tafel zwischen den Schüsseln umher und naschten von den aufgetragenen Speisen und aßen wacker mit.

Der Name des Hofes Woltershof spricht wohl dafür, dass er der Erste im Dorfe war, der dann nach der Familie der Woltringe genannt wurde; es stand auch den Zwergen der Name Wolter wie den Kobolden zu, vielleicht hat er auch von ihnen den Namen; vgl. Grimm, Mythologie, S. 472: Berührung zwischen Zwergen und Kobolden zeigt sich zuweilen; Grimm, Mythologie, S. 479.

Die Zwerge bei Holtensen

Bei Holtensen, in der Nähe von Pyrmont, wohnen auch Zwerge. Kommt jemand an einem Zwergenloch vorbei, kann er einen Zwerg beobachten, der eine große Schüssel mit Gold hat, die er hin und her schüttelt, als wäre es nur Getreide. Der Wanderer geht zu dem Zwerg, grüßt ihn und sagt: »Das ist eine hübsche Arbeit, die möchte ich auch tun.« Der Zwerg, der bis dahin nicht aufgeblickt und ihn daher nicht gesehen hat, erschrickt heftig. Schnell aber fasst er sich und ruft:

»Sieh da, Holtensen brennt ja!« Erschrocken dreht sich der Mann in die angegebene Richtung, sieht aber weder Rauch noch Flammen. Als er kehrtmacht, sind der Zwerg und auch das Gold verschwunden.

Holtensen, einst eine selbstständige Gemeinde, wurde 1973 in die Stadt Hameln eingemeindet und gehört neben den Dörfern Unsen und Welliehausen zu der Ortschaft Sünteltal. Der Ort liegt mitten im Weserbergland. Der Ortsname geht auf Theoderich von Holthusen zurück, der als Gerichtsherr die beiden Dingstühle zu Münder und Diedersen innehatte.*

* Früher wurde ein Gerichtsstuhl oder eine Gerichtsstätte als ›Dingstuhl‹ bezeichnet.

Die Hollen bei Scharfenberg

Unweit des Dorfes Scharfenberg bei Brilon befindet sich das sogenannte Hollenhol (Hollenhöhle). In früheren Zeiten hausten hier die Hollen. Sie kamen durch verschlossene Türen, waren den Dorfbewohnern gegenüber freundlich gesinnt und liebten ganz besonders die kleinen Kinder. Nicht selten trugen sie diese heimlich fort und bewachten sie in ihrer Höhle.

Allerlei Geschirr bewahrten sie in dieser Höhle auf und verliehen es gern an die Dorfbewohner. Man brauchte nur mit diesem Wunsch zum Hollenhol zu gehen, schon stand das gewünschte Gerät vor der Höhle. Unter anderem besaßen sie einen großen Braukessel, den sich die Wirte des Dorfes oft ausliehen, wenn sie brauen wollten. Wenn sie ihn zurückbrachten, ließen sie zum Dank ein wenig Bier darin. In der Höhle entdeckten einmal auch übermütige Burschen den zurückgebrachten Kessel mit Bier. Sie tranken ihn aus und beschmutzten den Kessel auf hässliche Weise. Seitdem bekam niemand mehr den Kessel geliehen und die Hollen waren bald darauf spurlos verschwunden.

Der Meier zu Hiddesen und der Zwerg

Als sich einmal der Meier zu Hiddesen auf dem Feld befand, sah er einen Zwerg an der Hecke stehen. Neben ihm stand eine Wanne, gefüllt mit Gold, das in der Sonne glänzte und funkelte. Anfangs war der Meier über das seltsame Männchen mit seinen Schätzen entsetzt. Er überlegte, fasste sich ein Herz, ging zu ihm und sagte: »Du guter, reicher Mann, meine Taschen sind ganz leer, gib mir doch von deinem Reichtum auch ein wenig ab!«

»Die Bitte will ich dir wohl erfüllen«, sagte der Zwerg und schon streckte der Meier seine Hände nach dem Gold aus. Der Zwerg sagte: »Aber drehe dich doch erst um und sieh mal, Hiddesen brennt!« Erschrocken ließ der Meier die Hände sinken. Wandte sich um, und da klipp und klapp – versank der Schatz in der Erde. Hiddesen brannte nicht. Der Meier fühlte sich von dem Männlein ziemlich an der Nase herumgeführt und ging weg. Der Zwerg aber rief ihm nach: »Wer etwas erreichen will, darf sich nicht umsehen, sondern muss den rechten Augenblick ergreifen!«

Der Durant

Es ist bekannt, dass die Unterirdischen gerne den Müttern die kleinen Kinder stehlen. Sie tun dies, um ihr Geschlecht zu verbessern und zu stärken. Denn wenn sie nicht von Zeit zu Zeit Menschenkinder zu sich nehmen, so würden sie doch zu klein werden und ganz zusammenschrumpfen. An die Stelle der Säuglinge legen sie den Menschenmüttern Wechselbälge hin. Das sind jene, die nicht wachsen und gedeihen wollen.

Nun gibt es aber ein Kraut, das die Zwerge von ihrem Tun abhält. Es ist der Durant, der häufig auf feuchten Wiesen und Ufern wächst und sehr stark riecht. Bindet man diese Pflanze an das Kind, so ist es vor einer Entführung sicher.

Mit dieser Pflanze hatte auch eine Wöchnerin in Hartum bei Minden ihren Säugling geschützt. Eines Nachts konnte sie nicht schlafen. In dieser Nacht schlichen sich zwei Wichtel in ihr Haus und näherten sich der Wiege. Plötzlich bemerkte der eine von ihnen den Durant, blieb stehen und sagte zu seinem Gefährten:

»Stoß mir nicht an den Durant
Sonst kommen wir nimmer in unser Vaterland.«

Schnell setzten die Wichtel ihre Nebelkappen auf und waren sogleich verschwunden.

Die Zwerge und der alte Hermann im Hermannsberge

Im Hermannsberg, der im Teutoburger Wald liegt, bewachen schon lange Zwerge unerhörte Schätze und Kostbarkeiten. Hier liegen Perlen, goldene Äpfel, Diamanten und Rubine in großen Mengen. Auch lagert hier uralter würziger Wein in Fässern mit Weinstein (die hölzernen Dauben sind seit Jahrhunderten vermorscht); da sprießen in unterirdischen Gärten goldene Rosen und silberne Lilien. Und wer dann die richtige Zeit kennt, wann der Berg sich öffnet, der kann eine Stunde lang hinabsteigen, von den Schätzen mitnehmen und vom Weine trinken, so viel er mag. Aber der größte Schatz, der in den dunklen Tiefen ruht, das ist der alte Hermann, den die Zwerge verzaubert halten bis hin zu seiner Zeit. Aber wenn seine Zeit gekommen ist, wird der alte Hermann aufwachen und aufstehen und die Seinen werden sich um ihn sammeln und die alte deutsche Freiheit erringen, dass es ein Land, ein Volk, ein Geist wieder sei wie in den alten herrlichen Tagen.

Der Hermannsberg, auch Großer Hermannsberg genannt, ist ein 364 Meter hoher Berg im Kreis Lippe und befindet sich im Naturpark Teutoburger Wald/Eggegebirge.

Die Hexen von Speldorf

Am Ende des Duisburger Buschs ziehen sich bis Mülheim hin einzeln gelegene Gehöfte, die auch Speldorf genannt werden. Ganz in der Nähe des Duisburger Waldes saß vor langer Zeit ein mutiger Mann des Nachts um zwölf Uhr an seinem Braukessel. Dies war der Wirt Schnüran. Mit einem

Mal sprangen nach und nach über die Tür 13 schwarze Katzen, so fett und rund wie Bären. Sie schnüffelten um den Kessel herum, setzten sich an den Topf und schnurrten. Endlich nahm Schnüran den großen Schöpflöffel mit glühend heißem Bier und goss es den Tieren schnell über die Bälge. Aber da rannten sie durch Hecken und Sträucher wie verrückt geworden und eilten in ihre Wohnungen. Der Wirt erfuhr am nächsten Morgen, dass 13 alte Weiber aus seiner Nachbarschaft krank geworden seien. Das aber waren die 13 Katzen gewesen und jede hatte von Schnürans heißem Bier zu kosten bekommen, an dem die eine sich den Mund und die andere sich den Rücken verbrannt hatte.

Der Duisburger Wald grenzt am Worringer Reitweg (Mülheim) an den jetzigen Broich-Speldorfer Wald. Bis heute ist allerdings der Wirt Schnüran weder aufzufinden noch nachweisbar.

Im Lippischen

Das Abendläuten in Bad Salzuflen

Auf dem alten Mauerturm am Schliepsteiner Tor in Salzuflen hing eine Glocke, die jeden Abend um neun Uhr geläutet wurde. Freundlich und hell klangen ihre Schläge über die Stadt und ihre Umgebung, als wollten sie alle, die noch draußen waren, hereinrufen zur Ruhe der Nacht. Von dieser Glocke erzählt die Sage folgende Geschichte:

Vor vielen Jahren wollten einmal ein Junge und ein Mädchen Beeren suchen und verirrten sich dabei im Wald. Sie suchten und suchten nach dem richtigen Weg und fanden ihn nicht. Die Kinder probierten alles Mögliche aus, krochen durch das dichte Gestrüpp, bergauf und bergab, aber sie kamen nur immer weiter in den Wald hinein und wussten zuletzt nicht mehr, wo sie sich befanden. Es wurde dunkel, die Nacht brach herein und sie konnten nichts mehr sehen. Verzagt und traurig sagten sie sich, sie müssten mit dem Suchen aufhören und die Nacht über im Wald bleiben. Aber sie hatten Angst vor wilden Tieren und vor einem Unwetter, das kommen könnte, sie dachten an ihre Eltern, die nicht wussten, wo sie waren.

Mit großer Furcht setzten sie sich gegen einen Baum, rückten nahe zusammen und falteten ihre Hände zum Beten. Sie baten Gott um Schutz und Hilfe in der dunklen Nacht. Schon fielen ihre Augenlider vor Müdigkeit zu, als sie in der Ferne ein Glockenläuten hörten. »Das sind die Glocken unserer Stadt«, sagten sie freudig überrascht, »wir wollen ihrem Schall nachgehen, dann finden wir vielleicht den Weg, der uns wieder zurück nach Hause führt.«

Sie gingen los, stolperten über Wurzeln und über Steine, kamen aber schneller, als sie dachten, aus dem Wald und standen auf einem Feld. Trotz des wenigen Lichts entdeckten sie einen Weg und auch Lichter in der Ferne. Schnell eilten sie darauf zu und gelangten glücklich in die Stadt und kamen erleichtert bei ihren Eltern an. Diese hatten große Sorge um sie gehabt und freuten sich sehr, dass sie ihre Kinder gesund zurückhatten. Aus Dankbarkeit ließen sie eine Glocke auf dem Schliepsteiner Turm aufhängen, setzten eine Summe Geld aus und bestimmten, dass an jedem Abend um neun Uhr die Glocke geläutet würde.

Der ewige Fuhrmann

Der ewige Fuhrmann ist kein anderer als der alte Gott Wodan, der auf seinem Wagen durch die Lande fährt. Manchmal erscheint dieser Wagen als himmlischer, andere Male als irdischer. Es gibt Sagen, in denen Wodan als ›der wilde Jäger‹ bezeichnet wird.

Diese Sage berichtet Folgendes:

Vom Örtchen Kohlstedt, eine Stätte der Kohlen, bis hin zu der kleinen Egge, an der Stelle, wo sich der Rhein und die Weser* scheiden, dort fährt der ewige Fuhrmann. Schon mancher hat ihn dort gesehen, wie er in dem Bach, in dem früher die Straße über das Gebirge lief, heraufgekommen und dann die steile Bergwand geradezu in die Höhe gefahren ist. Gewöhnlich sitzt er auf einem Schimmel, trägt eine weiße Mütze und hält in der Hand eine lange Peitsche. Vor und neben sich hat er einen Braunen gespannt. Andere haben ihn auch schon mit sechs Schimmeln fahren gesehen.

Dass er hier auf ewig fahren müsse, hat folgende Bewandtnis: Die Einwohner von Horn aßen überaus gerne Lachs. Aus dem Grunde lauerten sie einmal einem Fuhrmann auf. Sie glaubten, dass er einen solchen Fisch bei sich habe, und erschlugen ihn. Derjenige, der das getan hatte, muss nun auf ewig hier fahren. Und die Leute aus Horn nennt man noch heute, so bitterböse sie auch darüber werden mögen, ›Lachsfresser‹.

* Die Rhein-Weser-Wasserscheide beginnt im äußersten Süden des Teutoburger Walds an dem mit dem Dreiflussstein markierten Wasserscheidepunkt mit der Weser-Ems-Wasserscheide. Die Rhein-Weser-Wasserscheide setzt sich von dort aus südwärts über das Eggegebirge, das Sintfeld, die Briloner Höhen, das Hochsauerland, das Upland und das Rothaargebirge fort.

Die weiße Frau zu Detmold

Auf vielen Edelhöfen im Lipper Land, und besonders auf dem Schloss zu Detmold, lässt sich von Zeit zu Zeit eine weiße Frau sehen. Man munkelt, dass sie eine lippische Gräfin sei. Sie habe sich gewünscht, an allem Leid und aller Freude ihrer Familie auf ewig teilnehmen zu können. Deshalb geht sie noch immer um, sobald in der fürstlichen Familie eine Geburt oder ein Todesfall stattfindet. Bei einem Todesfall erscheint sie in grauer Kleidung. Man sah sie von der Kanzlei nach dem Schloss oft hinübergehen und der Posten mochte an dieser Stelle nicht gern Wache stehen. Denn wer sie sieht, muss ihr seine Reverenz erweisen und die Schildwacht muss das Gewehr präsentieren. Wenn dies aber einer vergisst und sich neugierig nach ihr umsieht, bekommt er einen so heftigen Schlag, dass er nach keinem zweiten verlangt.

Wenn Sie aber die weiße Frau nicht finden, dann machen Sie sich auf zum Freilichtmuseum Detmold. Schließlich ist es das größte in Deutschland. Hier erleben Sie historische Kultur und sofort eine Zeitreise, die auch zu den Sagen führt. Sie beginnt zu Fuß oder mit dem Pferdewagen: Schauen Sie auf die Wassermühle aus dem Osnabrücker Land mit ihrem Teich und grünen Bäumen, Sie vergessen Lärm und Hektik. Laufen und fahren Sie bis zum Gräftenhof aus dem Münsterland, der mit seinem Torhaus und der Holzbrücke rot durch die Brücke schimmert, aber auch bis zum Lippischen Meierhof ist es nicht weit.

Von hier aus geht es weiter den Hügel hinauf zum Paderborner Dorf mit Bockwindmühle, Bäckerei, Schmiede und der Schuhmacherin. Und dann hören Sie zwar an dieser Stelle nicht die weiße Frau aus dem Schloss, aber die Bentheimer Schweine oder die schnatternden Lippegänse.

Westfälisches Freilichtmuseum Detmold:
Landesmuseum für Volkskunde, Krummes Haus, 32760 Detmold, wfmdetmold@lwl.org

Die Stadt Blomberg

Als die Stadt Blomberg gegründet wurde und die Grenzen, in denen die Gebäude stehen sollten, abgesteckt waren, fand man hier am anderen Morgen die schönsten Blumen wachsen. Deshalb nannte man den neuen Ort Blumenberg, woraus dann später Blomberg wurde.

In der Nähe von Blomberg, auf dem Riechenberge, hatte Graf Simon IV. einen Wartturm* gebaut. Von hier aus konnte er die Grafschaften Sternberg und Lippe sehen und auch ins Stift Paderborn, ins Hessische, Ravensbergische und Schaumburgische Land blicken und überschauen, ob sich seine Feinde näherten. Sobald er diese sah, ließ er des Nachts durch das Anzünden eines Strohbündels und am Tag durch einen lauten Schuss seine Landsassen** nach dem Stelldichein am Wartturm auf dem Riechenberg entbieten.

Am 14. Juni 1447 wurde Blomberg durch die böhmischen Soldtruppen*** des Erzbischofs Dietrich von Köln erobert. Die Stadt war derart zerstört worden, dass nur noch der obere Teil der Stadtkirche, auch das Chor genannt, und die Hütte eines armen Hirten stehen geblieben waren. Alle Denkmäler, wichtigen Bauten und Wertgegenstände waren verbrannt.

Die Blomberger dichteten folgendes Spottlied auf den Erzbischof Dietrich:

»Bischof Dietrich kick int Land,
De hefft den Blumberg utgebrand
Mit sinen armen Jacken.
Kümmt he wieder in dat Land,
Wi schlaen em up de Platten.«

---

* Beobachtungsturm

** Als Landsassen (oder landsässige Untertanen) wurden in Deutschland im späten Mittelalter und in der frühen Neuzeit diejenigen Grundherren oder Adeligen bezeichnet, die im Gegensatz zu den Reichsunmittelbaren der direkten Herrschaft eines Territorialherrn unterworfen waren.

*** Soldtruppen = Der Soldatenhandel war das Vermieten von militärischen Kontingenten an fremde Staaten.

Die Stadt Lemgo

Man erzählt sich, dass die Stadt Lemgo von den Slaven oder Wenden gegründet wurde. Sie liegt im Tal der Bega im hügeligen Lipper Bergland. Auf der Stadtmauer soll einst ein alter Turm gestanden haben und im Jahre 1703 eingestürzt sein. Das war der ›Jüterbocksturm‹. Er wurde so genannt, weil sich darauf ein altes Bild, der ›Jüterbock‹, befand. Es stellte einen alten Gott der Wenden dar, von dem auch die Stadt Jüterbogt den Namen bekam. Dieser Gott wurde von den heidnischen Gründern Lemgos sehr verehrt. Die von alters her in der Stadt begüterte Familie der Wenden, früher de Wend, jetzt von Wendt genannt, stammte von ihnen ab. Sie führte in ihrem Wappen einen Greif, auch hat das Stadtwappen als weiteren Schildhalter neben dem Löwen einen

Greifen. Piderit behauptete, dass die alten Türen in den Stadtmauern noch jetzt die Krone mit dem Lindwurm der Slaven und Wenden und ihrer Könige Wappen zeigen.

Als Lemgo vom Erzbischof Dietrich und seinen Böhmen von Grund auf zerstört werden sollte, rettete der Bürgermeister Crusius die Stadt vor dem Untergang, weil er zum Erzbischof ging und ihn daran erinnerte, dass er doch sein früherer Mitschüler gewesen war. Dieser ließ sich auf die alte Bekanntschaft ein und verschonte Lemgo.

Die Haferstraße von Lemgo

Als der Münster'sche Bischof Bernhard von Galen im Jahre 1675 Lemgo belagerte und seine Soldaten die Stadt nicht erobern konnten, wurden die Lemgoer übermütig. Um den Bischof zu ärgern, schickten sie einen Ochsen in das Lager der Feinde, der zwischen den Hörnern eine Tafel mit der Inschrift trug:

»So wenig der Ochse kann lernen das Singen, kann Bernhard von Galen Stadt Lemgo bezwingen.«

Darüber wurde der Bischof sehr zornig und schwor, dass er die Stadt zerstören und dem Erdboden gleichmachen und an ihrer Stelle Hafer säen werde. Leider wurden die Lemgoer schon bald für ihren Übermut bestraft. Die Feinde leiteten das Wasser der Bega ab und schlossen die Stadt so ein, dass keine Nahrungsmittel mehr hineingebracht werden konnten. Es entstand eine große Hungersnot und die Stadt musste sich dem Bischof ergeben. Bürgermeister und Rat gingen im Armesündergewand zu ihm und flehten um Gnade. Der Bischof ließ sich rühren und verzichtete auf die angedrohte Rache. Um aber seinen Schwur zu halten, ließ er das Pflaster in der Straße aufreißen und mit Hafer besäen. Diese Straße heißt noch heute die Haferstraße.

Seit 1245 besitzt Lemgo die Stadtrechte, war im Spätmittelalter Mitglied der Hanse und nennt sich daher auch Alte Hansestadt Lemgo. Das Stadtbild wird durch zahlreiche spätmittelalterliche Bauwerke geprägt. Das Gebiet, in dem die heutige Stadt liegt, wurde Anfang des 11. Jahrhunderts Limgauwe oder Limga genannt. Aus der durch Urkunden belegten Besiedlungsgeschichte geht hervor, dass sich dort im 11. und 12. Jahrhundert mehrere Siedlungen befanden.

Eines der schönsten Bürgerhäuser ist das Krüwelhaus an der unteren Breiten Straße. Man kennt es unter dem Namen Hexenbürgermeisterhaus und es erinnert an die dunkelste Zeit in der Geschichte der Stadt. Hierin wohnte im 17. Jahrhundert der Bürgermeister Hermann Cothmann (1629–1683). Er hatte eine führende Rolle bei den Hexenverfolgungen. Durch die Folgen des Dreißigjährigen Krieges und der Pestepidemien wurden zahlreiche unschuldige Frauen und Männer der Zauberei angeklagt. Sich dagegen zu wehren, war unmöglich, denn unter der Folter wurde von jedem ein Geständnis erzwungen. Die der Hexerei Überführten wurden auf dem Scheiterhaufen verbrannt. Bis zum Jahr 1681 verloren auf diese Weise in Lemgo 272 Frauen und Männer ihr Leben. Die Stadt nannte man auch Lemgo, das Hexennest.

Die Stadt Horn

Beim Abbrechen des dritten Stadtmauerturms, der sogenannten Windmühle, fand man vor einigen Jahren in einem vermauerten hohlen Raum Tierknochen. Das war ein Beweis für den weitverbreiteten uralten Glauben, dass man beim Bau von Kirchen, Türmen, Stadtmauern ein Opfer einmauern müsse, um dem Gebäude Bestand und Sicherheit zu geben. Durch die Verbreitung des Christentums wurden aber nun anstelle des Menschenopfers – man soll früher vorzugsweise Kinder lebendig eingemauert haben – Haustiere, insbesondere Geflügel geopfert.

Bekannt ist die Stadt Horn durch ihre Gilde der Schlachtschwertierer. Der Sage nach kämpften um 1485 Herzog Wilhelm von Braunschweig und Graf Bernhard zur Lippe gegeneinander. Bei Schwalenberg geriet der lippische Graf in Gefangenschaft. Der Herzog ließ ihn auf die Burg Calenberg bringen und forderte ein Lösegeld von 200.000 Gulden. Das war zu jener Zeit eine schier unbezahlbare Summe. Die Bürger von Horn beschlossen daher einen Überfall auf die Burg, um ihren Grafen zu befreien. Unter der Führung der Ritter Carl von Blomberg und Hans von Hammerstein zogen die jungen Männer schwer bewaffnet zur Burg Calenberg. Dort oben angekommen, schlug der Schmied die Eisentür des Kerkers ein und konnte so ohne Störungen den Grafen Bernhard befreien. Bevor sie wieder nach Horn ritten, erbeuteten sie erst noch die Glocke der Burg, auch Schwerter, Harnische und Kettenhemden. Graf Bernhard war über den Mut der Bürger sehr erfreut und versprach ihnen, für immer in ihrer Stadt zu wohnen, und sicherte ihnen zahlreiche Freiheiten zu. Sie durften seitdem im Sturm gefallenes Holz aus den gräflichen Wäldern holen und nutzen. Das Fallholz-Privileg, die Glocke im Rathausturm sowie die Zweihandschwerter und die Panzerhemden befinden sich heute im Besitz der Horn'schen Schützengesellschaft und sollen aus der Zeit der Befreiung des Grafen Bernhard stammen.

---

*Die Schlachtschwertierer sind ein Traditionsverein innerhalb der Schützengesellschaft Horn. Die Gründung dieses Vereins geht auf ein Ereignis zurück, das der Sage nach um 1485 stattgefunden hat. Heute bilden sie ein sogenanntes Rott in der Horn'schen Schützengesellschaft, das aus rund 16 Schwertträgern, einem Hammerträger (in Erinnerung an den Hammer, mit dem die Kerkertür eingeschlagen wurde) und einem Grafen besteht. Mit ihren wie ein Dreispitz geformten Filzhüten, den Gewändern aus grobem Leinen, Kettenhemden und Stiefelgamaschen sehen sie sehr eindrucksvoll aus. Vervollständigt wird dieses Bild durch ihre fast zwei Meter langen Schwerter in Form eines Bidenhänders**.

Die lippische Stadt Horn-Bad Meinberg liegt im Nordosten Nordrhein-Westfalens am Rande des Teutoburger Waldes. Letzterer ist durch viele Sagen und Naturdenkmäler, aber besonders durch die Externsteine bekannt. Südwestlich von Horn befindet sich im Wald eine alte Siedlungsstelle. Darauf deuten die Flurnamen Auf der Hausstelle und Am Hüttenschlag im Stadtwald zwischen Kartoffelberg und Krebsbachtal hin. Man sagt, dass es sich um einen großen Hof gehandelt habe, der mit einem Flechtwerk aus Ruten und Stäben (plattdeutsch Hören) eingefriedet war und in den Hören hieß. Was sich außerhalb dieser Einfriedung befand, wurde für (vor) den Hören (vorm Horne) genannt. Hieraus könnte der spätere Name Horn entstanden sein.

---

* Als Renaissance-Bidenhänder, auch Zweihänder, Zweihandschwert, Gassenhauer oder englisch Great Sword, bezeichnet man Schwerter des ausgehenden Spätmittelalters und der Renaissance mit langem Gehilz von circa 40 bis 50 Zentimeter und mehr, die für den zweihändigen Gebrauch gedacht waren.

Der Mäher in der Mühlenwiese

Zwischen dem Burggraben in Detmold und der Werre lag in früherer Zeit die Mühlenwiese. Ungefähr einhundert Bauern aus der Umgebung waren verpflichtet, im Sommer je einen oder mehrere Mäher für die Heuernte zu stellen.

Der Graf sah einmal von seinem Schlosse aus den Mähern zu und bemerkte dabei einen, der mit großer Wucht seine Sense schwang. Er ging zu ihm und sagte: »Das Mähen macht dir wohl großes Vergnügen, weil du so kräftig durch das Gras fegst .«

»Durchaus nicht«, entgegnete der Mann, »das ist bloß die Wut, weil ich hinten aus dem Amt Lage hierherkommen und den ganzen Tag lang in der Hitze stehen und mich arg quälen muss.«

Da sah der Graf den Mäher erstaunt an und fragte, ob er wohl an einem Tag vom Burggraben bis hin zur Werre einen Weg durch die Wiese mähen könne. Der Bauer sah sich die Länge der Wiese an und sagte bedächtig: »Es ist allerdings ein schweres Stück Arbeit, aber wenn es sein muss, will ich es wohl versuchen.«

»Das soll ein Wort sein«, sagte der Graf. »In diesem Jahr geht es nun nicht mehr, aber wenn du es im nächsten Sommer fertigbringst, dann sollst du mit Kind und Kindeskindern für ewige Zeit von allen Herrendiensten in der Mühlenwiese befreit sein.«

»Und wenn ich dadurch sterben sollte«, sagte der Bauer, »so will ich es dennoch tun, damit wenigstens meine Nachkommen diese Last los sind.«

Im folgenden Sommer stellte er sich zur Zeit der Mahd in der Wiese ein. Bevor er sein Tagewerk begann, hielt er inne und sprach ein kurzes Gebet. Dann aber umfasste er fest seine Sense und Schwaden auf Schwaden fielen unter seinem Hieb. Oft ging sein Blick die Wiese entlang zur Werre hin. Die Sonne stieg höher, der Schweiß tropfte von der Stirn, aber er achtete nicht darauf. »Bis zur Werre hin und dann nie wieder auf dieser Wiese, du nicht und auch deine Kinder nicht!«

Kurz war seine Mittagspause. Seine Arme wurden schwer und die Sonne senkte sich schon über den Pinneichen. Schneller, immer schneller flog die Sense im Bogen, näher und näher kam das Ende. Mit letzter Kraft arbeitete er und jetzt fielen die letzten Halme am Flussufer der Werre. Ermattet sank der Mäher auf das Gras, auf seine Schwaden. Noch einmal schlug er die Augen auf und flüsterte: »Gott sei Dank, dies war das letzte Mal.« Ein Herzschlag machte seinem Leben ein Ende.

Die Stadt Detmold bietet durch Rundgänge und Besichtigungen ihre historischen Schätze an – so auch den Lustgarten und die Mühlenwiese mit einem Rundgang durch das Areal rund um das Landestheater.

Die Geschichte und städtebauliche Entwicklung dieses Areals ist heute fast vergessen. Man braucht schon einen Wegweiser, um die ehemalige Mühlenwiese und Unterer Mühle zu verorten – am besten gelingt dies, wenn man die Straßennamen Wiesen- und Mühlenstraße und jene Am Mühlendamm heranzieht.

Mit einem geführten Stadtrundgang kann man so einen neuen »alten« Blick auf die Straßenzüge am Landestheater bekommen. Der etwa zweistündige Rundgang führt durch den ehemaligen fürstlichen Lustgarten sowie durch die Straßen auf der früheren Mühlenwiese. Auf diese Weise kann man die Geschichte eines kleinen Stadtquartiers kennenlernen und dabei vielleicht an das anstrengende Mähen in vergangener Zeit auf der Mühlenwiese denken.

Der Hünenkönig und seine Tochter

Auf einem Berge bei Pyrmont, der noch heute die ›Hünenburg‹ heißt, wohnte auf seinem Schloss ein gewaltiger Hünenkönig, dem weit und breit alles Land untertan war. Dieser König hatte eine überaus schöne Tochter, Ilda, die er wie ein Drache behütete und die niemand sehen durfte. Und doch hörte man in der Ferne von ihrer Schönheit. Es kamen viele Freier, die um sie warben. Der König aber hatte geschworen, dass er sie keinem geben würde, der es nicht mit ihm im Zweikampf aufnehmen könne. Den Bewerbern aber erschien dieses unmöglich und so zogen sie wieder nach Hause. Nur einer von ihnen wollte alles dafür tun, um die schöne Ilda zu bekommen.

In dieser Zeit musste der alte Hünenkönig mit vielen seiner Vasallen einem befreundeten König zu Hilfe kommen, weil dessen Reich in Gefahr war. Zur Verteidigung seines Schlosses und seiner Tochter konnte er deshalb nur ein paar Ritter zurücklassen. Davon hörte der treue Freier der schönen Ilda. Ihm schien, dass nun die Zeit gekommen sei, um sich seine Liebste zu holen. Er rief seine Freunde und Vasallen zu sich und zog mit ihnen zu der Hünenburg. Aber die übrig gebliebenen Ritter des Hünenkönigs sahen die anderen rechtzeitig kommen und wehrten sich tapfer gegen die Eindringlinge. Manch Freund und Vasall des Freiers lag kurze Zeit später tot unter den hohen Burgmauern. Der Freier wollte nicht aufgeben, spornte sein Pferd zu einem gewaltigen Spurt an und raste zwischen den Pfeilen und Wurfspießen der Feinde auf das Burgtor zu. Dabei schlug er mit der Streitaxt gegen das Tor und die Flügel sprangen krachend auf. Mit Siegesgeschrei stürzte er mit seinen Mannen in die Burg und sie erschlugen dabei jeden, der sich ihnen in den Weg stellte. Ohne Rücksichtnahme ritten sie durch Höfe und Hallen, bis zu den höchsten und festesten Gemächern, in denen die Tochter des Riesenkönigs sich mit ihren Frauen aufhielt. Aber aus diesen Gemächern quoll ihnen auf einmal dichter Qualm und prasselndes Feuer entgegen. Der mutige Ritter sprengte die Tür und erkannte inmitten von Rauch und Lohe die ersehnte Braut. Sofort sprang er in das glühende Zimmer, umfasste die schöne Ilda und trug sie aus den Flammen. Die anderen Frauen waren längst geflüchtet. In Begleitung seiner Gefolgsleute trug der Ritter die unversehrte Jungfrau aus der brennenden Burg. Rasch eilte die Truppe dem Ufer des Meeres zu. Dort bestiegen sie wartende Schiffe und fuhren zu einer fernen Insel. Hier hatte dieser Ritter ein Schloss.

Der alte Hünenkönig kam zurück, sah und hörte, was mit seiner Burg und seinem Kinde geschehen war. So schnell er konnte, eilte er mit dem Rest seiner Mannschaft dem Räuber hinterher. Mit großer Wut stürmte er gegen die Burg an. Die Mauern aber waren mächtig und tapfer jene, die die Burg schützten.

Ilda sah dieses und rief am nächsten Morgen von der Zinne aus Worte des Friedens und der Versöhnung zu ihrem Vater hinunter. Aber der Alte wollte sich niemals mit dem Ritter versöhnen. Da rief Ilda alle, die in der Burg geblieben waren, zur Gegenwehr auf. So begann erneut der Kampf um die Burg und Angreifer sowie die Verteidiger wurden immer weniger. Gegen Mitternacht überlegte sich die Schöne eine neue Strategie, sie begann dunkle, zaubergewaltige Lieder zu singen, sodass die Toten sich aufrichteten und bis zur Morgenröte kämpften.

So ging es Tag um Tag und Nacht um Nacht. Tagsüber, da kämpften die Lebenden und in den Nächten die Toten. Am Ende gab es keinen Lebenden mehr auf der Insel und es kämpften nur noch die Toten.

Das ist der Kampf der Toten und die Leute dort sagen, er wird dauern bis zum jüngsten Tage.

Die Hünenburg war einst eine Höhenburg. Wenn auch heute eine Ruine, kann man die ehemalige Burg auf dem Königsberg bei dem Ortsteil Oesberg der Stadt Bad Pyrmont im Landkreis Hameln-Pyrmont in Niedersachsen sehen.

1910 legte man Mauerreste eines von Wällen und Gräben umgebenen Wohnturms frei. Die Ausgrabungen lassen auf die Gründung zwischen dem 9. und 10. Jahrhundert schließen. Es wird vermutet, dass die Burg um 1100 durch einen Brand zerstört wurde.

Die Ruine ist das älteste Mauerwerk im Pyrmonter Tal. Im Innern des quadratischen Wohnturms mit Eckquadern ist eine Steintreppe. Die Wohngruben vor dem Wallgraben weisen Parallelen zu fränkischen Königshöfen und sächsischen Herrenburgen auf.

Der Mann mit dem Salze

An jener Stelle, an der das Lipperland mit dem Westfalenlande zusammentrifft, befinden sich auf der Grenze die zwei kleinen Orte Masch und Ahmsen. Ganz in der Nähe fließt die Werre. Vor vielen Jahren floss sie in einem anderen Flussbett und selbst heute kann man den einstigen Lauf noch verfolgen.

Und an dieser Stelle kann man an späten Herbstabenden, wenn der Nebel über dem Werretal wabert, den ›Mann mit dem Salze‹ sehen. Der große Mann trägt einen Sack mit Salz auf dem Rücken und dort drüben, auf der lippischen Seite, da keucht er hinunter zur Werre. Man hört durch den dichten Dunst Pferde traben und laut schreiende Männer. Der Mann mit dem Salz ruht sich einen Moment lang am Rand der früheren Flussmulde aus und dann verschwindet er im Flussnebel.

Jetzt aber erreicht ein kleiner Trupp Berittener das Ufer und Mäntel und Mähnen der Pferde wehen im Wind. Sie schimpfen laut, denn der Salzmann ist ihnen entkommen. Sie haben nicht gewusst, dass sein wackeres Westfalenherz im kalten Werrewasser aufhörte zu schlagen.

Und dieses Bild sehen die Bauern an dieser westfälisch-lippischen Grenze immer noch oft, dann, wenn der Nebel kommt. Fragt man sie, was dies zu bedeuten habe, so erzählen sie diese Geschichte:

Es ist schon viele Jahre her, dass das Salz im Westfalenland äußerst knapp war, während die Lipper es in Hülle und Fülle besaßen.

Dem damaligen lippischen Fürsten war für das Salz kein Preis zu hoch. Da ersannen die Westfalen eine List und begannen zu schmuggeln. An nebelkühlen Abenden und in dunklen Nächten setzten sie über die Werre ins Lippische. Dort kauften sie unter der Hand Salz und so viel, wie sie nur tragen konnten. Irgendwann aber nahm der Schmuggel überhand und es erfuhr der Fürst von diesem Tun. Schnell ließ er den Grenzschutz einrichten, der im Volksmund ›die lippischen Jägers‹ genannt wurde. Und wehe jedem Schmuggler, der ihnen in die Hände fiel! Einige waren schon ins Unglück gegangen und nie von ihrer nächtlichen Schmuggelfahrt wiedergekehrt. Es gab nur einen, der die ›lippischen Jägers‹ nicht fürchtete – das war der, den das Volk noch heute den ›Mann mit dem Salze‹ nennt. Abend für Abend fuhr er über den Fluss, ging ins Lippische und kehrte schwer mit Salz beladen wieder heim.

Aber es kam auch sein Tag – die lippischen Jäger hatten ihn an der Grenze aufgespürt und trieben den Mann wie ein gehetztes Wild vor sich her. Für ihn gab es nur eins, er musste die Werre erreichen, dann war er gerettet. Schon sah er in der Ferne den weißen Nebel über der Flussniederung und hinter ihm galoppierten die lippischen Jäger. Im letzten Augenblick stürzte sich der Mann mit dem Salz in den Fluss. Schon standen die Lipper oben am Rande des Ufers. Da unten, im Nebel, gluckste die Werre – der Salzschmuggler aber ertrank und muss deshalb noch heute immerzu umgehen.

Der Salzschmuggel und seine historischen Hintergründe:

1727 wurde die sogenannte Akzise in Preußen eingeführt – das ist eine Art Verbrauchssteuer an den preußischen Staat (unter anderem auch auf Salz). Nachdem 1728 die Rothenfelder Solequellen entdeckt worden waren, aus denen aufgrund des hohen Solegehaltes mit wenig Aufwand qualitativ hochwertiges Salz gewonnen werden konnte, entwickelte sich gleichzeitig eine rege Schmugglertätigkeit ins benachbarte Preußen. Denn dort war das ›Weiße Gold‹ fast dreimal so teuer. Der Staat legte den Salzpreis fest. Dieser betrug 1843 für ein Pfund in Preußen 15 Pfennig, in Hannover hingegen nur fünf bis acht Pfennig. Salz war zum Würzen und besonders zum Konservieren vieler Nahrungsmittel unentbehrlich und konnte nicht selbst hergestellt werden. Deshalb wurde es eins der am häufigsten geschmuggelten Güter. Besonders in den Jahren zwischen 1815 und 1866 zeigte der Salzschmuggel, wie sich die preußische Salzpolitik für den einfachen Verbraucher auswirkte. Am Grenzabschnitt zwischen Glandorf und Füchtorf blühte noch vor einigen Generationen der Schmuggel. Die Schmuggler kamen aus den armen Bevölkerungsschichten und viele konnten der Versuchung nicht widerstehen, das billige und ausgezeichnete Rothenfelder Salz nach Preußen einzuschmuggeln. Dieses Vorgehen galt als ›Einschwärzung‹ und wurde als Steuerhinterziehung geahndet. Im Schichtdienst schritten die mit Schießbefehl ausgestatteten Kontrolleure die Grenze ab. So kam es zu gewalttätigen Auseinandersetzungen zwischen Schleichhändlern und Zollbeamten, welche manchmal auch Todesopfer forderten.

Von Lippstadt ins Münsterland

Die Gründung von Lippstadt

Bernhard, Edler Herr zu Lippe, hatte treu zu Heinrich dem Löwen gehalten. Er folgte dem Ruf des Kaisers Friedrich Barbarossa, sich an seinem Hofe zu stellen. Man lagerte auf einem weiten Anger*, denn die Stadt Würzburg war eng und konnte die vielen, die erschienen waren, nicht fassen. Der Kaiser saß hoch und konnte so von allen gesehen werden. Nach jahrelanger Abwesenheit in Italien, wo er um die Macht und den Glanz des deutschen Reiches gekämpft hatte, befand er sich wieder auf deutschem Boden. Als Erstes versöhnte er die deutschen Fürsten untereinander, die sich nun in Frieden und Einigkeit um ihn scharten. Ganz in seiner Nähe saßen geistliche Fürsten, etwas weiter entfernt die weltlichen. Und das gemeine Volk lagerte auf der Erde. Die Geschäfte hatten schon begonnen, da kam ein Nachzügler, der Herr Bernhard, hoch zu Ross mit seinen Gefährten. Sie alle waren prächtig gekleidet. Alle blickten auf Herrn Bernhard und der Kaiser befahl ihm, sich zu setzen. Bernhard und sein Gefolge breiteten ihre Mäntel auf den Boden und setzten sich darauf. Abends, als die Versammlung beendet war, befahl Bernhard seinen Kameraden, die Mäntel liegen zu lassen. Die einfachen Leute zeigten dahin und sagten, dass die Mäntel vergessen waren. Da antwortete Bernhard im Scherz: In seiner Heimat pflege ein edler Herr seinen Sitz nicht mit fortzutragen. Lautes Gelächter ertönte, auch der Kaiser konnte ein Schmunzeln nicht unterdrücken.

Am nächsten Tag stellten sich Bernhard und die Seinen noch reicher gekleidet wieder ein. Da wies ihm der Kaiser seinen Platz unter den Großen des Reiches an. Später, beim Abschied, zeigte er sich so gnädig, dass Bernhard es wagte, dem Kaiser zu erklären, dass er wohl viele Besitzungen habe, aber dem Feind wehrlos ausgeliefert sei. Er bat darum, dass der Kaiser ihm erlauben solle, auf seinem Gebiet eine Stadt zu erbauen. Gnädig bewilligte dieser den Wunsch. Als Bernhard mit seinen Getreuen die Pferde wieder heimwärts lenkte, überlegte er, wo er einen geeigneten Platz für die neu zu gründende Stadt finden könne. Er fand eine hohe und trockene Stelle am rechten Ufer der Lippe. Hier gehörte ihm ein breiter Streifen fruchtbares Land. Außerdem konnte sich hier die neue Stadt an seine eigene Burg, die später die ›alte Burg‹ im Lippstädter Volksmund hieß, anlehnen. Er ließ die Plätze bestimmen, auf denen Kirchen sich erheben, Klöster stehen, Häuser gebaut werden und Straßen sich erstrecken sollten. Dies alles wurde mit tiefen Gräben umzogen, die dadurch gewonnene Erde zu Wällen aufgetürmt und auf diesen, in Ermangelung von Steinen, Palisaden eingerammt. Nur die Tore wurden aus Steinen gebaut und mit Fallgattern versehen. Die Sage sagt, dass so Lippstadt entstanden ist, wahrscheinlich im Jahre 1168.

Es gibt auch andere Meinungen, wann genau die Stadt entstand: Als älteste ›Gründungsstadt‹ in Westfalen bestand schon vor der eigentlichen Gründung durch Bernhard II. zur Lippe um 1185 eine Kaufmannssiedlung rund um die Nicolaikirche. Diese Siedlung und eine weitere um den Sitz der lippischen Edelherren wurden bei der ersten Erweiterung der schnell wachsenden Stadt im 13. Jahrhundert in die nun vier Stadtteile, die man ›Hofen‹ nannte, eingegliedert.

* Anger: ein meist grasbewachsenes Land oder ein Dorfplatz

Der Soester Schatz

Es war im Dreißigjährigen Krieg. In jener Zeit befand sich nahe der Stadt Soest in Westfalen ein altes Gemäuer. Man erzählte sich, dass sich darin eine eiserne Truhe befände, bis obenhin mit Geldstücken gefüllt. Aber sie wurde bewacht von einem schwarzen Hund und einer Jungfrau, die verflucht war.

Es wurde berichtet, dass einmal ein fremder Edelmann kommen würde, um die Jungfrau zu erlösen, und sie mit einem feurigen Schlüssel die Truhe öffnen würde. Schon hatten sich fahrende Schüler und Teufelsbanner dahin begeben, um zu graben und das Geld zu finden. Sie aber wären so seltsam empfangen und wieder abgewiesen worden, dass es seitdem niemanden mehr nach der Truhe gelüstete. Ganz besonders, nachdem die Jungfrau gesagt hatte, dass der Schatz keinem zuteilwerden könne, der nur ein einziges Mal Muttermilch getrunken habe.

Und weiter wurde erzählt, dass noch vor Kurzem ein Mädchen aus dem Dorf ihre Ziegen genau an diesem Ort weidete. Als sich eine Geiß im Gemäuer verlaufen habe, sei das Mädchen hinterhergelaufen. Im Hof sei eine Jungfrau gewesen und habe gefragt, was es denn hier zu suchen habe. Nach dessen Auskunft habe die Jungfrau auf einen Korb mit Kirschen gezeigt. »So gehe und nimm dort von dem, was du vor dir siehst, mitsamt deiner Geiß, komm aber nicht wieder noch sieh dich um, damit dir nichts Arges geschehe!«

Das überaus erschrockene Mädchen nahm sieben Kirschen und kam voller Angst aus dem Gemäuer wieder zurück. Die Kirschen aber wurden zu seinem Erstaunen sogleich zu Geld.

Wahrscheinlich ist dieser Schatz inzwischen längst verschwunden, wahrscheinlich braucht niemand mehr hier zu graben. Aber man findet in dieser alten Stadt die alte Stadtmauer, die mit ihrem Wall noch zum großen Teil erhalten ist. Auch existiert noch als einziges von zehn Stadttoren das innere Osthofentor. Hierin befindet sich heute ein städtisches Museum. Sie können auch die Wälle wie die vorgelagerte parkähnliche ›Gräfte‹ begehen.

Die Stiftung des Klosters zu Freckenhorst

Zur Zeit König Ludwigs des Deutschen lebte der sehr reiche Ritter Ewerword, dem der größte Teil des heutigen Münsterlandes gehörte. Er hatte eine Frau, aber keine Kinder. Und zu jener Zeit lag einst sein Schäfer Frikyo bei seinem Vieh und konnte nicht schlafen. Er lag in der Hürde, die auf einem Berg nahe bei dem zum Ewerword'schen Schloss gehörenden Forst stand. In dieser Nacht sah er ein großes schönes Licht, es leuchtete durch den Busch und über die ganze Gegend. Von Nacht zu Nacht wurde es größer. Besah sich der Hirt aber tagsüber den Platz, war alles wie immer und auch das Licht war nicht da. Als der Voigt zu ihm kam, erzählte er diesem von dem geheimnisvollen Licht in der Nacht und zeigte Furcht, die dieser dem Schäfer aber ausredete. Der Voigt aber erzählte die Geschichte seinem Herrn. Ewerword war darüber sehr erstaunt, betete und sandte einige seiner Ritter aus, die die Nacht im Forst verbringen sollten. Und tatsächlich, die Ritter sahen das Licht, das noch schöner und größer als vorher war. Sie eilten zu ihrem Herrn, um ihn davon zu unterrichten, und baten ihn, er möge sich doch selbst von diesem Wunder überzeugen. Ewerword zog mit großem Gefolge zum Forst und schlug hier sein Lager auf. In der Nacht erblickte er nahe vor sich ein blendendes Licht, das die Umrisse eines eigentümlichen klaren Hauses hatte.

Durch die Mitte des leuchtenden Hauses kam eine Gestalt, die aussah wie die eines Mannes. Diese Gestalt nahm an einer Hausseite Maß, sie schien die Größe des Lichts auszumessen. Am nächsten Tag fanden die Herren den Boden an jener Stelle wie von einem Blitz getroffen, genauso breit und lang, wie das Licht geschienen und der Wundermann gemessen hatte. Diese Erscheinung währte bis zum anderen Morgen. Ewerword aber betete lange. Als der Tag anbrach, schlief er ein und hörte im Schlaf eine Stimme vom Himmel rufen: »Ich bin Petrus, ein Apostel Gottes, ich habe als wahrer Zimmermann das Fundament des Tempels gelegt, sieh du zu, Ewerword, wie du darauf baust!« Ewerword erwachte, kniete sich nieder und dankte Gott für seine Gnade. Er beriet sich mit dem Bischof Lutbertus von Mimigarde und ließ daraufhin den Wald lichten und erbaute hier eine Kirche zu Ehren des heiligen Petrus. Beim Errichten des Fundaments soll man einen Stein mit den Fußabdrücken des heiligen Petrus gefunden haben. Diesen Stein bewahrte man lange auf, aber irgendwann ist er verschwunden. Vermutlich ist diese Kirche die jetzt zu einem Holzmagazin umgestaltete Petrus-Kapelle, denn die eigentliche Kirche ist jünger.

Aber trotz der Stiftung blieb die Ehe Ewerwords kinderlos. Da beschloss er, um die Kirche herum ein Kloster zu bauen. In den dabei angelegten Garten pflanzte er einen Apfelbaum, den seine Großmutter einst aus dem dünnen Stock des Apostels Bonifatius gezogen hatte. Danach zog er nach Fulda und starb als Mönch in dem Kloster, in dem die Gebeine dieses heiligen Mannes ruhen. Heute befindet sich das Grab des heiligen Bonifatius in der Krypta des Hohen Doms zu Fulda.

Ewerwords Gemahlin Geva aber ging in das von ihm gestiftete Kloster zu Freckenhorst und starb hier als Äbtissin. Das war im 9. Jahrhundert. Ihre Nachfolgerin wurde die von ihr als Tochter angenommene Tiatildis. Sie wurde in ihrer Kapelle begraben. Man zeigt noch in einem tiefen Gewölbe der Abtei ihr Grab neben einem – der Sage nach – Brunnen ohne Grund. Es ist viereckig aufgemauert, mit einem hölzernen Deckel zugedeckt und steht jetzt ungefähr in der Mitte des Gewölbes.

Früher soll er sich von Westen nach Osten bewegt haben und jährlich einen Hahnenschritt weiter gekommen sein. Auffallend ist, dass gläubige alte Leute erzählen, in ihrer Jugend sei der Zwischenraum zwischen der östlichen Mauer und dem Grab kaum einen Fußbreit gewesen, wo er doch heute mehrere Schritte breit ist.

1669 ließ Bernhard von Galen die Gebeine von Tiatildis aus ihrem steinernen Sarge nehmen und in einem prachtvollen silbernen Sarge aufs Neue bestatten. Dieser ist gegenwärtig noch vorhanden und wird jedes Jahr in einer Prozession umhergetragen. Auch dieser silberne Sarg soll sich in neuerer Zeit um einen Schritt fortbewegt haben.

1616 brach in Warendorf erneut die Pest aus. Da verbot die Freckenhorster Äbtissin den Dorfbewohnern, in Warendorf Brot, Öl, Heringe und andere Lebensmittel zu kaufen. Die Warendorfer protestierten, aber sie begründete die Maßnahme damit, dass das Brot zu Freckenhorst ebenso gut sei wie in Warendorf und dass die Luft wegen der Pest in Warendorf infiziert sei. Um das Jahr 1631 blühten in der sich allmählich um das adelige Damenstift ausbreitenden Gemeinde das Handwerk und Gewerbe auf. So gewährte die Äbtissin 1654 den Schneidern und Schuhmachern, den Schreinern, Zimmerleuten, Küfern, Pflugmachern, Drechslern und Tuchmachern das Zunftrecht.

St. Bonifatius ist ein ehemaliges freiweltliches Damenstift mit einer Stiftskirche in Freckenhorst. 1776 hieß die offizielle Bezeichnung ›Das hochadelige, kaiserliche, freiweltliche Stift St. Bonifatius zu Freckenhorst‹. Nach Überlieferung durch eine Fuldaer Quelle geht die Anlage des Klosters in Freckenhorst auf den sächsischen Edelherrn Everward und seine mutmaßliche Gemahlin Geva zurück und wurde um 854 gegründet. Damals stattete der Bischof Liutbert von Münster das Stift mit unter anderem einer Reliquie des Heiligen Bonifatius aus.

Jungfer Eli

Vor hundert und mehr Jahren lebte in dem münsterschen Stift Freckenhorst eine sehr fromme Äbtissin. Ihr diente die Haushälterin Jungfer Eli. Böse war sie und geizig. Kamen arme Leute und baten um Almosen, trieb sie sie wütend mit einer Peitsche fort. Auch band sie die kleine Glocke, die zum Läuten vor der Tür hing, so fest, dass die Armen nicht mehr läuten konnten.

Aber der Jungfer Eli ging es mit einem Mal nicht mehr gut, sie wurde sterbenskrank. Der Pfarrer wurde gerufen, um sie auf ihren nahen Tod vorzubereiten. Als er kam, ging er durch den Baumgarten der Äbtissin und zu seinem Erstaunen sah er Jungfer Eli in ihrem grünen Hütchen mit weißen Federn auf dem Apfelbaum sitzen. Als er aber ins Haus kam, lag sie wieder in ihrem Bette, schimpfte, zeigte sich böse und gottlos wie immer, nein, sie wollte weder Besserung geloben noch davon hören, dass es ihr womöglich wieder besser gehen würde. Sie drehte sich zur Wand, als ihr der Pfarrer zureden wollte, und dabei verschied sie. Sobald sie die Augen geschlossen hatte, zersprang die Glocke vor der Tür.

Kurz darauf fing die Verstorbene an, in der Abtei zu spuken. Als eines Tages die Mägde in der Küche Fitzebohnen schnitten, fuhr sie mit Gebraus zwischen ihnen hin und her, genauso wie zu ihren Lebzeiten. Sie rief: »Schniet ju nich in de Finger, schniet ju nich in de Finger!« Und gingen die Mägde zur Milch, so saß Jungfer Eli auf dem Stege und wollte sie nicht vorbeilassen, wenn sie aber riefen: »In Gottes Namen, geh wieder her«, musste sie weichen. Dann lief sie hinterher, zeigte den Mägden eine schöne Torte und sprach: »Tart! Tart!« Die wollten sie aber nicht nehmen und Jungfer Elis Geist warf die Torte mit höllischem Gelächter auf die Erde und da wurde sie zum Kuhfladen. Auch die Knechte sahen sie, wenn sie im Wald Holz schlugen. Hier flog sie von einem Baumzweig zum anderen. Nachts warf sie im Haus Töpfe und Schüsseln durcheinander und weckte die schlafenden Leute. Endlich erschien sie auch der Äbtissin, als diese auf dem Wege nach Warendorf war. Sie hielt die Pferde an und wollte in den Wagen. Die Äbtissin aber sprach: »Ich hab nichts zu schaffen mit dir; hast du übel getan, so ist's nicht mein Wille gewesen.«

Jungfer Eli wollte sich aber nicht abweisen lassen. Da warf die Äbtissin einen Handschuh aus dem Wagen und befahl ihr, den wieder aufzuheben, und während sie sich bückte, trieb die Äbtissin den Fuhrmann an und sprach: »Fahr zu, so schnell du kannst, und wenn auch die Pferde darüber zugrunde gehen!« So jagte der Fuhrmann und sie kamen heil in Warendorf an. Die Äbtissin war des vielen Lärmens überdrüssig, sie rief alle Geistlichen, die sich in der Gegend befanden, und sagte ihnen, sie sollten die Jungfer Eli verbannen. Die Geistlichen versammelten sich auf dem Herrenchor der Abtei und begannen, das Gespenst herbeizuzitieren. Aber Jungfer Eli wollte nicht erscheinen. Da rief eine Stimme: »He kickt, he kickt!« Die Geistlichkeit sagte: »Hier muss jemand in der Kirche versteckt sein, jemand, der lauscht .« Sie suchten und fanden einen kleinen Knaben, der sich aus Neugierde versteckt hatte. Sobald dieser nach draußen gejagt worden war, erschien Jungfer Eli und sie wurde in die Davert verbannt.

Die Davert ist ein Wald im Münsterschen, in dem Geister umgehen und wohin alle Gespenster verwiesen werden. Aber jedes Jahr fährt Jungfer Eli über die Abtei zu Freckenhorst mit schrecklichem Gebraus und schlägt Fensterscheiben ein oder dergleichen und alle vier Hochzeiten kommt sie einen Hahnenschritt näher.

Hinter dieser seltsamen Geschichte könnte sich wohl die Erinnerung an die Übergriffe der Edelvögte verbergen, denn die Gewalttätigkeit der Meinhövel wird gerade in den münsterschen Chroniken sehr beklagt.

Das Heilige Meer

Zwischen Freren in der Niedergrafschaft Lingen und Ibbenbüren liegt das Heilige Meer. Dies ist ein großer See, 2500 Schritte im Umfang, von dem man sagt, dass hier weder Holz noch Schiffe schwimmen können. Vor vielen Jahren stand dort ein reiches Kloster, in dem es mehr weltlich als geistlich zuging. Der Abt und der Konvent genossen die sinnlichen Freuden, Ordnung und Zucht gab es nicht. Durch des Himmels Zorn aber ging das Kloster in einer furchtbaren Wetternacht unter. Ein See bildete sich an seiner Stelle, dessen Wasser so hell und klar ist, dass man an sonnigen Tagen tief unten auf dem Grund noch die Klostertürme sehen kann. Manche Leute gehen dahin und holen sich Wasser, weil sie glauben, es sei geweiht.

Bei Sturm wirft das Heilige Meer immer wieder Balken und Sparren des versunkenen Klostergebäudes an die Ufer. Vorübergehende erschrecken sehr und beten vorsichtshalber ein Vaterunser oder ein Ave-Maria.

Einzigartig ist das Naturschutzgebiet ›Heiliges Meer‹ zwischen Ibbenbüren und Hopsten in Nordrhein-Westfalen. Der Sage nach versank hier in dem ungefähr tausend Jahre alten See mit dem Namen ›Großes Heiliges Meer‹ ein Kloster, weil dessen Mönche ein ausschweifendes Leben führten.

Aber es war wohl anders: Die Gewässer im Naturschutzgebiet entstanden dadurch, dass sich der scheinbar sichere Boden mit der Zeit absenkte oder auch einbrach. Der letzte spektakuläre Erdrutsch war am 14. April 1913. Damals bildete sich ein mehr als zehn Meter tiefes Gewässer, das nun ›Erdfallsee‹ genannt wurde. In den folgenden Jahrzehnten entstanden in diesem Gebiet durch Auswaschung tieferer geologischer Schichten aus Salz und Gips immer wieder kleinere Gewässer, weil die Salz- und Gipslagerstätten vom Grundwasser aufgelöst werden und die entstehenden Hohlräume unter dem Druck der darüberliegenden Decksande einbrechen.

Die Bezeichnung ›heilig‹ lässt sich aus dem niederdeutschen ›hillig‹ für ›schlimm‹ oder aber aus dem altsächsischen ›hola‹ für ›Loch, Tiefe‹ ableiten. Auf ziemlich kleinem Raum reihen sich die nacheinander entstandenen großen Stillgewässer Kleines Heiliges Meer, Großes Heiliges Meer, Heideweiher und Erdfallsee hintereinander auf.

Der wilde Jäger und der Schneider

Einstmals saß ein Schneider auf seinem Tisch am Fenster und arbeitete. Da sauste der wilde Jäger mit seinen Hunden über das Haus und es war ein grausiges Lärmen und Bellen, fast so, als wenn die Welt unterginge. Man sagt sonst den Schneidern nach, dass sie ängstlich seien. Dieser hier aber war es nicht, er spottete über den wilden Jäger und schrie: »Huhu, huhu, kliffklaff, kliffklaff!«, und hetzte die Hunde noch mehr an. Da kam ein Pferdefuß durchs Fenster und schlug den Schneider vom Tisch herunter, sodass er wie tot auf den Boden fiel. Als er wieder zur Besinnung kam, hörte er eine fürchterliche Stimme: »Wust du met mi jagen, dan sost du auk met mit knagen.«

Sicher ist, dass dieser Schneider nie wieder den wilden Jäger geneckt hat.

Sprengepyl in Vechta

Im Dreißigjährigen Kriege hauste der kaiserliche Oberst Sprengepyl mit seinen Leuten in Vechta und Umgebung. Er war mit dem Teufel im Bunde und mit diesem führte er manches Wagnis aus. Waren die Schweden hinter ihm her, so verwandelte der Teufel ihn und seine Leute in Büsche. An diesen zogen die Schweden vorüber und ahnten nichts. Die Schweden verrichteten ihr Bedürfnis an den Büschen. Als sie weitergezogen waren und die Verwandlung des Sprengepyls und seiner Leute aufhörte, hatten sie den Urin in den Stiefeln.

Sprengepyl schloss Frieden mit seinen Feinden und lebte in Saus und Braus von den eroberten Schätzen auf seinem Gut Falkenrott bei Vechta. Aber seine Frist war abgelaufen. Der Teufel erschien und verlangte seinen Lohn und entführte den Oberst mitten aus einer großen Gesellschaft.

Seit diesem Tag aber geht sein Geist als großer schwarzer Kettenhund mit glühenden Augen umher, so groß wie Kohlschüsseln, mit einer rasselnden Kette um den Hals, und spukt in den Nächten in Vechta umher – ganz, wie es die Höllengeister lieben.

Als Vechta noch von den Münsteranern besetzt war, machte sich der Geist – und dachte dabei an seinem früheren Stand – ein Vergnügen daraus, die in ihren Schilderhäusern eingeschlafenen Wachen zu wecken. Er setzte ihnen die Vorderfüße auf die Brust oder verriegelte mit Möhren die offen gelassenen Tore, die dann morgens nach der Geisterstunde die Schweine wieder öffneten.

Auch die Sage vom Rittmeister Lambert Sprengepiel, der von den Franziskanermönchen nach seinem Tode verflucht wurde, um als schwarzer Hund bis in alle Ewigkeit umzugehen, wird bis heute in Vechta erzählt. Sein historisches Pendant lebte unter gleichem Namen um die Zeit des Dreißigjährigen Krieges in Vechta (1640 bis 1658/1664). Sprengepiel befehligte auf katholischer Seite eine freie Kompanie von 81 Söldnern, die vorwiegend in protestantischen Gebieten angeworben worden waren. Ihnen gegenüber stand seit 1647 die schwedisch-protestantische Besatzung Vechtas.

Die unterirdische Glocke

In der Nähe von Lüdinghausen liegt mitten im Wald ein Teich, von dem sich das Volk seltsame Geschichten erzählt. Denn vor vielen Jahren stand an der Stelle, wo sich der Teich befindet, eine Kapelle. Man sagt, dass ein heiliger Mann jahrelang vor dem geweihten Altar gebetet habe.

Einst wallfahrteten fromme Bauersleute dahin und zu ihrem großen Erstaunen sahen sie, dass der Priester und die Kapelle verschwunden waren. Stattdessen sahen sie einen Teich, in dem sich der blaue Himmel spiegelte.

Auch heute noch schimmern in seinem klaren Wasser die grünen Blätter alter Buchen und Eichen, deren Zweige über ihn herabhängen. Es wird auch erzählt, dass der glatte Wasserspiegel weder durch Sturm noch durch Regen in Bewegung gesetzt werden kann. Aber wenn man in der Kirche zu Lüdinghausen die Glocken kräftig läutet, dann kreist und spielt der Teich in kleinen Wellen und es tönt in dem himmelblauen Grund, als läute darin das versunkene Kapellenglöckchen.

Die Glocke findet man auch auf einigen Münzen aus der Münzstätte Lüdinghausen. Zum einen im Schilde von Ludolf, letzter Ritter von Lüdinghausen. Das war um 1308. Ebenso ist die Glocke im Siegel der Stadtrichter von 1441 zu sehen.

Es wird angenommen, dass die Glocke in dem Wappen schon vor der Stadtgründung das Wappen der Ritter von Lüdinghausen gewesen ist. Ludolf als Oberherr des Ortes habe das Stadtzeichen mit in sein Wappen aufgenommen. Die Sagen vom Glockenkolk und vom Selbstläuten der Glocken bei der Ankunft der Leiche des heiligen Ludgerus in Lüdinghausen sollen die Veranlassung für das Symbol der Glocke gegeben haben.

Hexentanzplätze

Auch in Witten an der Ruhr kann man einen Platz finden, auf dem vor langer Zeit einst Hexen verbrannt wurden. Man kann hier säen und einpflanzen, was man will – nichts gedeiht, die Pflanzen bleiben klein und kümmerlich. Und hier kann man hin und wieder Kreise auf den Feldern finden, Kreise, die nach jedem Pflügen immer wieder sichtbar werden. An jedem solcher Kreise zeigt sich noch ein besonderer Fleck. Das sind die Hexentanzplätze und der Fleck ist die Stelle, wo der Spielmann seinen Sitz hatte.

Man sagt, dass sich bei Witten an der Ruhr der ›Hexenpoth‹ befindet. In dieser Stadt haben seit Karl dem Großen viele Hexen ›gewirkt‹; einer der bekanntesten Hexenmeister war Buttermann. Er bespannte seinen Wagen mit sieben Katzen und konnte ein Stückfass* Wein den steilen Berg hinaufziehen. Er erlebte einmal einen warmen Tag, wie er ihn nannte, das war der Tag, an welchem er lebendig verbrannt wurde.

* Das Stückfass, oft verkürzt nur Stück, war ein Volumenmaß, das nach dem Gebinde für Wein benannt wurde. Das alte Weinmaß hatte etwa zehn bis zwölf Hektoliter für Rheinwein. Ein Stückfass war regional unterschiedlich, aber ein Richtwert wäre eineinhalb Fuder, siebeneinhalb Ohm oder 15 Eimer.

Die reitenden Hexen

Die Hexen hatten eine große Vorliebe für das Reiten. Sie ritten aber nicht auf Besenstielen, wie es uns aus dem Harz erzählt wird, sondern auf Pferden. Ein Bauer aus Haddorf bei Wettringen ließ des Nachts seine Pferde auf der Weide, damit er Heu, das er zur Fütterung benötigte, einsparen konnte. Er hatte aber keine rechte Freude daran. Jeden Morgen, wenn er die Tiere reinholte, waren ihnen die Mähnen geflochten und ihre Körper nass, so sehr, dass der weiße Schaum aus ihren Mäulern kam. Hinzu kam, dass sie nichts gefressen hatten und so nicht arbeiten konnten. Der darüber aufgebrachte Bauer begab sich am Abend zu der Weide. Hier versteckte er sich in der Hecke, um zu sehen, wer das mit seinen Pferden anstellte. Zuerst blieb es still. Aber um Mitternacht, da hörte er ein Sausen in der Luft. Eine Frau im Siebrand flog herbei, setzte das runde Ding in die Hecke, schwang sich auf eins der Pferde und ritt es, als sei sie toll geworden. Ständig rief sie:

»Katuffel, katuffel, de Wieske up un dahl.« Als der Bauer das hörte, rief er zornig: »Ik sall di helpen, ik sall di dat endlicks afleän!« Dabei nahm er den Siebrand an sich. Die Hexe würde ja schon kommen. Die aber war auf einen solchen Ausgang nicht gefasst gewesen, bat ganz verlegen den Bauern, er möge ihr das Sieb zurückgeben. »Sonst werde ich unglücklich, denn ich muss um vier Uhr in der Früh in Amsterdam zum Kuhmelken sein.« Der Bauer zögerte. Da versprach sie ihm hoch und heilig, nie wieder seine Pferde zu belästigen. Nur solle er ihr das Sieb wiedergeben. Der Bauer gab es ihr. Die Hexe schwang sich hinein und sauste wieder durch die Luft davon. Seit dieser Nacht ist den Pferden des Bauern nichts mehr passiert.

Das alte Schloss zu Raesfeld

Seit weit über hundert und mehr Jahren wohnt kein Mensch mehr in dem alten Schloss zu Raesfeld. Es wird gemieden, denn man sagt sich, dass es dort nicht recht geheuer zugeht. So verfällt das mächtige Gebäude mehr und mehr. Warum es so ist, erzählt diese Geschichte:

Der vorige Besitzer des Schlosses hatte einen Sohn. Als dieser sechs Jahre alt war, befiel ihn das kalte Fieber. Der Besitzer erzählte in der Küche der Köchin und den Dienstboten, dass gleich ein Arzt kommen und ein Mittel gegen das Fieber verschreiben würde. Etwas später kam er dann auch. Der Junge ging nach oben, kam aber nicht wieder herunter. Es wird erzählt, dass er getötet und anschließend in eine Wand eingemauert wurde. Die Wand bekam später einen großen Riss und dadurch erst wurde das Verbrechen bekannt. Andere wiederum sagen, dass das Gewölbe, in dem der junge Graf eingemauert wurde, einen Riss bekam als Zeichen, dass sein Tod kein natürlicher gewesen war. Und seitdem ist es im Schlosse niemandem mehr geheuer.

Ganz zum Schluss wohnte noch eine Wirtschafterin zusammen mit ihrer Tochter in dem Gebäude. Als sie eines Abends am Herd saßen, begannen die beiden Türen zu klappern. Das Feuer loderte mit einem Mal hell auf und es war etwas Seltsames in den Flammen. Das Mädchen fragte die Mutter, ob sie denn nichts sehen würde. Da legte die Mutter den Finger auf den Mund und flüsterte: »Sei still und sprich kein einziges Wort mehr darüber.« Die beiden warteten und sahen nach einiger Zeit, dass die Türen aufhörten zu klappern und das Feuer wieder wie vorher brannte. Die Wirtschafterin aber packte ihre Sachen, sie wollte keinen Tag länger mehr mit ihrer Tochter auf dem Schloss bleiben und seitdem ist es verlassen.

Das Wasserschloss Raesfeld befindet sich in Raesfeld, Kreis Borken, Nordrhein-Westfalen. Seine Geschichte reicht bis in die Anfänge des 12. Jahrhunderts zurück. Ende des 16. Jahrhunderts kam die Ritterburg der Herren von Raesfeld in den Besitz derer von Velen. Reichsgraf Alexander II. von Velen ließ Mitte des 17. Jahrhunderts die Burg zum Residenzschloss im Stil der Renaissance ausbauen. Nachdem in der ersten Hälfte des 18. Jahrhunderts die von Velen zu Raesfeld ausstarben, war das Schloss nur noch unregelmäßig bewohnt und begann zu verfallen. Anfang des 19. Jahrhunderts wurden Teile der Anlage abgerissen. Nach dem Zweiten Weltkrieg ließen es die Handwerkskammern des Landes Nordrhein-Westfalen als neue Besitzer restaurieren. Heute ist das Schloss Sitz der Fort- und Weiterbildungseinrichtung der Handwerkskammern und wird für kulturelle Veranstaltungen und als Restaurant genutzt. Seit 2007 kann man hier auch heiraten.

Der Honigtopf zu Billerbeck

Es war in der Zeit des heiligen Ludgerus. Ein Mann lebte mit einer Frau in unerlaubter Ehe zusammen. Der heilige Bischof wollte die gottlose Ehe trennen. Da aber kam die Frau zu ihm und wollte ihm zur Versöhnung einen Topf mit Honig schenken. Hierüber war der Bischof noch zorniger und wies ihren Mann aus dem Land. Einige seiner Jünger hatten den Honigtopf gesehen und ihnen gelüstete nach dem Honig. Sie nahmen ihn heimlich und versteckten ihn hinter einem Altar. Sie wollten nun davon naschen, während der Bischof vor dem Altar die Messe las. In dem Augenblick zersprang der Honigtopf in tausend Stücke und der Honig samt den Scherben flog um den Altar und den Jüngern ins Gesicht.

Der Ludgerus-Brunnen zu Billerbeck

Der erste Bischof von Münster (geb. 744) war der heilige Ludgerus. Dieser hielt sich einmal in Billerbeck auf, wollte die Natur genießen und spazierte auf den sogenannten Billerbecker Berg. Er kam in einen Wald und fand hier ein kleines, erbärmliches Häuschen. Eine Frau stand in der Tür und war sehr schmutzig und im Gesicht ganz schwarz. Er ging hinein und fragte die Frau nach dem Grund ihrer Unreinlichkeit, worauf diese antwortete: »Herr, der Brunnen, den du hier siehst, ist ausgetrocknet, die ganze Gegend ist ohne Wasser und ich weiß nicht, wie ich mich waschen soll.« Ludgerus hörte sich dies an, griff zwei Gänse, die neben ihm standen, warf sie in den ausgetrockneten Brunnen und sagte: »Diese Tiere werden sich durch die Erde einen Ausgang suchen; gebt genau acht, wo sie wieder zum Vorschein kommen, und grabt an dieser Stelle einen Brunnen. Dieser wird euch Wasser geben in Fülle und der nicht versiegen soll, solange die Welt steht.«

Die Gänse arbeiteten sich sogleich in die Erde hinein, gruben sich durch den ganzen Berg hindurch und kamen am anderen Morgen zum Wunder der Leute in Billerbeck aus der Erde hervor. An der Stelle, wo sie ans Tageslicht kamen, entstand eine herrliche klare Quelle, welche immer noch fließt. Diesen Brunnen nennt man Ludgerus-Brunnen. Das Bildnis des heiligen Bischofs ist im Stein darauf abgebildet, wie er in der einen Hand seinen Bischofsstab trägt und mit der anderen auf den Berg zeigt, wo die Quelle entstanden ist. Auf dem Billerbecker Berge selbst steht gleichfalls an der Stelle, wo einst der vertrocknete Brunnen stand, Ludgerus in Stein gemeißelt und zeigt, wie er den Stein in den Brunnen werfen will.

Setzen Sie sich an den Ludgerus-Brunnen in der Ludgeristraße und glauben Sie nur – der Ludgerus hat wirklich recht gehabt. Schon am anderen Tag kamen die beiden Gänse in Billerbeck aus der Erde und genau an dieser Stelle entsprang eine Quelle, die bis heute nicht versiegt ist.

In Gedenken an den wohltätigen Rat von Ludgerus wird dieser Brunnen ›Ludgerus-Brunnen‹ genannt. An dieser Stelle entspringt auch der ›Luersbach‹ – Ludgerusbach, dessen hier mit einem Steinbildnis gedacht wird. Ludgerus wurde im Jahr 742 geboren, wuchs bei wohlhabenden christlichen Eltern auf, wurde in Utrecht Schüler des Gregor und später des Alkuin in York. Ludgerus war intelligent und liebte die wissenschaftliche Arbeit. Nach dem Tod seines Lehrers Gregor wurde dem mittlerweile zum Diakon geweihten Ludgerus der erste Auftrag zur Mission im Raum Deventer erteilt. Schon bald danach führte ihn der nächste Missionsauftrag nach Friesland. Am 25. März 809 predigte er in Coesfeld, begab sich nach Billerbeck – und starb in der darauffolgenden Nacht.

Der Teufel in der Dawert

Im Münsterschen erzählt man sich, dass in der Dawert neben Gespenstern und Kobolden sich auch der Teufel herumtreibe. Er kommt nicht einfach so, nein, er zeigt sich in verschiedenen Gestalten und erscheint besonders in der Abenddämmerung als starker, stämmiger Kerl, der mit großen Schritten und mit ineinander verschränkten Armen unter den alten Eichen geht. Manchmal sieht man ihn auch ganz harmlos auf einem Schlagbaum sitzen und er plaudert mit etlichen Bauern. Nur wer ihn angreift, der kommt schlecht weg. Es ist schon vorgekommen, dass Bauern, die mit Knüppeln auf ihn losgehen wollten, über lange Zeit durch die Luft geschleudert wurden, deren Arme und Beine brachen, sodass sie lebenslang Krüppel blieben. Außerdem wird es den Teufel geärgert haben, dass er bei der Teilung der Dawert seinen Tummelplatz in Westfalen verloren hat. Jetzt hat er ihn aber wiederbekommen.

Die Plührs-Brücke

Auf den Dawersbergischen Gütern lebte vor vielen Jahren der Verwalter Plühr. Ein schlimmer Geselle, denn er misshandelte oft die Bauern, um auf alle mögliche Art und Weise von ihnen Geld zu erpressen. Aus Strafe dafür musste er nach seinem Tode in die Dawert. Von hier aus aber versuchte er, die Leute zu necken. Eines Tages kam der arme Eierkrämer, den man Eiertiß nannte, aus Ascheberg, ging mit seiner Frau durch die Dawert, um in Münster Eier zu verkaufen. Als sie über eine kleine Brücke gingen, sagte Eiertiß zu seiner Frau: »Du, ich wollte, dass der Plühr uns einmal erschiene!« Kaum hatte er dies ausgesprochen, sprang Plühr unter der Brücke hervor, warf die Eierkörbe um und verschwand wieder. Erschrocken lief Eiertiß mit seiner Frau davon und seitdem wurde die Brücke die Plührs-Brücke genannt.

Der Rentmeister Schenkewald

In alten Zeiten lebte auf dem Schloss Nordkirchen der Rentmeister Schenkewald, der mit den armen, ihm untergebenen Bauern sehr unbarmherzig umging. Zahlte ihm einer nicht auf den Tag genau das Pachtgeld oder die Schuldzinsen, fielen harte Worte, war er einmal nachsichtig, so ließ er sich heimlich Geld und Hühner bringen. Und oft genug ließ er die Schuldner von Haus und Hof werfen oder durch das Gericht pfänden. Schon viele Bauern waren durch seine Habsucht und Unbarmherzigkeit arm geworden, als er endlich an einer plötzlichen Krankheit starb. Das war ein Jubel unter den Bauern, als Schenkewald nun endlich tot war. Nur die Reichen gingen mit seiner Leiche und tausend Flüche folgten ihm mit in sein Grab. Kaum aber war er begraben, bemerkte man in dem Schlosse zu Nordkirchen, dass Schenkewald spuke. Nachts hörte man ihn die Treppen auf und ab laufen und entsetzlich heulen; andere sahen ihn an einem Tisch Geld zählen. Nur wenn sie näher kamen, war er plötzlich verschwunden. Die Einwohner des Schlosses wurden dieser Spukereien so müde, dass sie mehrere Messen lesen ließen und Gott baten, den Geist aus dem Schlosse zu verbannen. Danach hörten sie in einer stürmischen Nacht Schenkewald ärger als je zuvor poltern. Plötzlich wurde die Hausklingel heftig gezogen, die Bediensteten sahen zum Fenster hinaus und es hielt eine prächtige Kutsche mit vier schwarzen Pferden vor der Tür. Darin befanden sich zwei Kapuziner. Sie stiegen aus, gingen mit ruhigen Schritten schweigend in das Schloss und kamen mit Schenkewald wieder heraus. Die drei stiegen in den Wagen, Schenkewald saß zwischen den Kapuzinern, eine Peitsche knallte und blitzschnell fuhr der Wagen von dannen. Seitdem der Mann so abgeführt worden war, wurde es auf dem Schloss Nordkirchen still. Aber in der Dawert fährt er seitdem bis auf den heutigen Tag mit den Kapuzinern und in der edlen Kutsche Tag und Nacht umher. Viele haben ihn fahren sehen und beschreiben aufs Genaueste sein Aussehen. Manche hielten den Wagen für eine herrschaftliche Kutsche und wollten sich hinten aufsetzen. Kaum aber hatten sie ihn berührt, flog der Wagen mit den Pferden hoch durch die Lüfte davon.

Schenkewald, der gnadenlose Pachteintreiber, soll im Mittelalter gelebt haben. Selbst lange Zeit nach seinem Tod wurde er weiterhin gehasst und wegen seiner Unbarmherzigkeit verflucht. Aber heute, so glaube ich, spukt Schenkewald nicht mehr auf dem schönen Schloss Nordkirchen, das inzwischen zu den beliebtesten Ausflugszielen im Münsterland gehört. Als eindrucksvolles Beispiel großer Baukunst liegt das Schloss mitten in einer weitläufigen Parklandschaft, ganz in der Nähe befindet sich der Ort Nordkirchen.

Schloss Nordkirchen, auch als das ›Westfälische Versailles‹ bekannt, wurde von Fürstbischof Friedrich Christian von Plettenberg in Auftrag gegeben. Gottfried Laurenz Pictorius begann den Bau, Johann Conrad Schlaun vollendete das barocke Wasserschloss nach 30 Jahren.

Es liegt auf einer von viereckigen Gräften umgebenen Insel mitten in einem großen Park, der ebenso wie das Schloss nach französischem Vorbild angelegt wurde. Mittelpunkt des Schlosses ist das Corps de Logis, von dem aus sich die niedrigeren Flügelbauten fortentwickeln und in U-Form den Ehrenhof umschließen. Der gesamte symmetrische Baukomplex ist in dieser Form ein beeindruckendes Beispiel einer komplett erhaltenen Barockanlage.

Der Kärrner zu Gesicke in Westfalen

In der Stadt Gesicke in Westfalen kam ein Kärrner zur Abendzeit in ein Wirtshaus und wollte hier übernachten. Die Wirtin sagte, sie habe keinen Platz für ihn, weil sich für die Nacht viele vornehme Leute angesagt hätten. Der Kärrner entschloss sich daraufhin, im Stall des Wirtes zu nächtigen, und legte sich hier auch gleich hin. Weil er nicht einschlafen konnte, sah und hörte er, dass Teufelsgäste in altmodischen Kleidern kamen. Ihnen wurden stattliche Traktamente vorgesetzt, gutes Essen und Trinken. Diese Leute schmierten sich mit einer Salbe ein, die vor ihnen stand, und verschwanden daraufhin durchs Fenster. Da ging der Kärrner in die Stube, aß von der Speise, die noch dort stand, und schmierte sich auch mit der Salbe ein und hui – befand er sich gleich im Weinkeller einer vornehmen Stadt. Da war aber die Tochter der Wirtin aus Gesicke und erkannte ihn. Sie reichte ihm eine rote Mütze, die er aufsetzen sollte. Er trank aber zu viel vom Wein, vergaß die rote Mütze, die er in der Tasche hatte, und blieb im Weinkeller liegen. Morgens ertappte man ihn und führte ihn vor das Gericht. Hier erzählte er seine Geschichte, zog die rote Mütze hervor, setzte sie auf und flog davon.

1217 wurde Geseke vom Kölner Erzbischof Engelbert I. zur Stadt erhoben. Die konfliktreiche gemeinsame Herrschaft von Köln und Paderborn wurde im Jahr 1294 durch einen Schiedsspruch beendet, durch den Geseke endgültig dem Kölner Territorium angegliedert wurde. 1317 erfolgte eine Pfarrteilung und die Stadtkirche und die Stiftskirche erhielten jeweils einen eigenen Pfarrbezirk.

Der älteste Schnadgang (Grenzgang, Grenzbegehung) Westfalens findet in Geseke statt. Schon 1326 werden Schnadbäume in der Stockheimer Bauerschaft erwähnt.

1360: Die Stadt wurde in Osthove, Westhove, Nordhove und Mittelhove eingeteilt, welche vor allem bei der Stadtverteidigung und bei der Wahl von Bürgermeister und Rat wichtige Funktionen wahrzunehmen hatten.

Die beiden heiligen Ewalde

Aus England kamen zwölf Männer, die recht fromm waren. Sie wanderten durch die deutschen Länder, waren entschlossen und mutig und wollten die Lehre Christi predigen. Das geschah zu einer Zeit, als das deutsche Volk noch heidnisch war. Unter den zwölfen befanden sich zwei Brüder. Der eine von ihnen wurde der weiße, der andere der schwarze Ewald genannt. Einträchtig wanderten sie und beschlossen, zusammen für das Wort Gottes in den Tod zu gehen. Auf dem Weg durch das Land kamen sie an einem Hochsommertag nach Laer. Dieser Flecken lag im Stift Münster, nahe bei Burgsteinfurt. Hier beteten sie, hier segneten und belehrten sie das Volk. Diese Menschen lachten über die heilige Lehre, sie liebten ihre Götzenbilder. An diesem Tag war es ungeheuer heiß und die ganze Gegend fast ohne Wasser. Die Heiden waren durstig und flehten doch vergebens ihre Götzen um Wasser an. Die frommen Brüder trugen das Bild des gekreuzigten Heilands in der Hand, stiegen damit auf einen Felsen. Hier beteten sie und segneten den Felsen. Und schon sprang aus dem Gestein eine frische, klare Wasserquelle unter ihren Füßen hervor und labte das ganze Volk. Selbst der Droste des Landes war hocherstaunt und erkannte die Kraft und Heiligkeit der beiden Fremdlinge. Deshalb gab er ihnen gerne einen Acker. Dieser begann reiche Früchte zu tragen und die Heiden der ganzen Gegend ließen sich in dem Wasser der wunderbar entstandenen Quelle taufen. Das Wort des Herrn fasste Wurzeln in den Herzen der Menschen. Und als sie dies beobachteten, schenkten die heiligen Brüder ihren Acker den Armen. Danach zogen sie weiter durch das Land, um auch unter den benachbarten Völkern das Evangelium zu verbreiten. Aber es war so, dass der Herr allein anderes mit ihnen beschlossen hatte. Er würdigte sie, die Märtyrerkrone zu empfangen. So kam es, dass auf dem noch heute sogenannten Mordhofe zu Apelterbeck zwischen Unna und Dortmund die frommen Brüder von den Heiden auf qualvolle Weise ums Leben gebracht wurden. Später wurden ihre Leichname vom heiligen Erzbischof Anno aus den Gräbern geholt. Mehrere alte Schriften versichern, dass sie im Dom zu Münster beigesetzt wurden. Hier feierten die Gläubigen viele hundert Jahre ihr Andenken. Im Orte Laer heißt der Acker, den sie einst besaßen, der Heiligenkamp. Hier wurde zur Ehre ihres Namens eine Kapelle erbaut. Sie soll die älteste in Westfalen sein.

Aus dem Paderborner Land

Der Dombaumeister

Als vor langer Zeit der Paderborner Dom erbaut werden sollte, stellte man beim Graben der Fundamente fest, dass der Boden auf der einen Seite des Bauplatzes moorig war. Er war nicht geeignet, die ungeheure Last der Mauern und Türme zu tragen. Die andere Seite bestand aus Felsen. Ratsherren und Vorsteher wurden deshalb ängstlich und glaubten, der große Bau würde verunglücken. Sie ließen den Baumeister rufen und sprachen recht ernst mit ihm. Der mochte weder Ja noch Nein sagen, schüttelte den Kopf und schmunzelte, als er sagte: »Wir werden schon für den Dom einstehen, ich und meine Gesellen.«

Der gewaltige Bau wurde nach manchem Jahr und manchem Tag glücklich zu Ende geführt, trotz vieler vergossener Schweißtropfen. Als die hohe Geistlichkeit und die Stadtältesten den Dom anschauten, um zu sehen, ob alles nach Recht und Ordnung gebaut worden war, fanden sie rechts an einer Säule Männer in einer Stellung ausgehauen, als wenn sie keuchend schwere Lasten trügen. Denen gegenüber hatte man an einem Pfeiler eine flatternde Fledermaus gemeißelt. Verwundert fragten die Herren nach der Bedeutung der Bilder. Der Meister lachte. »Hier rechts ist der Boden feucht und locker, deshalb mussten wir das Gebäude mit unserer Kunst stützen, dort hingegen ist der Boden so fest, dass leicht eine Fledermaus den Dom stützen kann.«

Die Männer und die Fledermaus sind immer noch im Paderborner Dom zu sehen. Nur schade, dass nicht jeder ihre Bedeutung kennt.

Die Domherrenuhr

Im linken Seitenschiff des Paderborner Doms befindet sich eine kleine Schlaguhr. Sie geht stets um eine Viertelstunde früher als die große Turmuhr. So mancher weiß nicht, was dies bedeutet. Aber die Uhrengeschichte hat folgende Bewandtnis:

In früheren Zeiten traf es sich häufig, dass die adeligen Paderborner Domherren gleiche Posten in Hildesheim bekleideten. Wenn diese Herren in Paderborn wohnten, so mussten sie jedes Jahr nur einmal an einem bestimmten Tag nach Hildesheim reisen, dort dem Hochamt im Dom beiwohnen und anschließend ihren Lohn als Domherren von Hildesheim einstreichen. Wenn sie nicht zur genauen Zeit kamen, verfiel das Gehalt für das Jahr.

In dieser Absicht reiste einer nach Hildesheim, kam aber trotz der Eile erst zu Beginn der Messe an. Damit hatte er die Reise vergebens gemacht. Zurück in Paderborn, ließ er nun als Erstes eine Schlaguhr anfertigen und im Dom aufstellen. Diese Uhr musste immer eine Viertelstunde zu früh gehen. Er richtete sich fortan, wenn er wieder reisen musste, nur nach dieser Uhr und kam nie mehr zu spät.

Das ist die Uhr im linken Seitenschiff zu Paderborn, die noch immer eine Viertelstunde zu früh geht.

Heute ist der Paderborner Dom ungefähr 700 Jahre alt. Im Jahr 777 stand am selben Platz schon eine Kirche, die durch Karl den Großen erbaut wurde. Diese war aus Holz, war ohne Seitenschiffe und wurde 777 für den in Paderborn ausgerichteten Reichstag erbaut. Gleichzeitig war es auch eine Missionskirche, denn Karl der Große brachte das Christentum nach Westfalen.

Der heutige Dom wurde im 13. Jahrhundert erbaut, wobei die Vorgängerbauten in das Gesamtwerk mit einbezogen wurden. Der Baustil reicht von der Romanik bis zur Gotik. Die fast 100 Meter lange dreischiffige Hallenkirche besitzt zwei Querhäuser und den 92 Meter hohen Westturm. Die bis unter die Vierung reichende Hallenkrypta ist mit 32 Metern Länge und zwölf Metern Breite eine der größten Krypten in Deutschland. In ihr werden die Reliquien des heiligen Liborius aufbewahrt.

Zu den besonderen Sehenswürdigkeiten gehören neben dem Paradiesportal (vor 1240) auch die Pietà (um 1380) und der gotische Hochaltar (spätes 15. Jahrhundert) und ebenso das berühmte Drei-Hasen-Fenster aus dem 16. Jahrhundert, in dem drei springende Hasen mit insgesamt drei Ohren dargestellt sind. Ein weithin bekannter Ausspruch lautet: »Der Hasen und der Löffel drei, und doch hat jeder Hase zwei.«

Das Fegefeuer des westfälischen Adels

In der Tiefe des Lutterberges, nicht weit vom Kloster Bödecken, soll sich das Fegefeuer für die abgeschiedenen Seelen befinden. Wie es aber darin aussieht und was darin getrieben wird, hat niemand gesehen. Umso mehr Aufsehen erregte es, als einst ein Schneider aus Paderborn einen Spaziergang durch das Fegefeuer gemacht haben wollte.

Im Jahr 1430 rannte eines Tages ein Mensch mit verbrannten Kleidern und fliegenden Haaren durch das Heyers-Tor von Paderborn über die Heyersstraße und von da bis auf den Domhof. »Hört, ihr Leute!«, schrie er mit kläglicher, aber durchdringender Stimme in einem fort: »Hört, o hört die schreckliche Geschichte!« Dabei hob er unter jammervollen Gebärden seine rechte Hand in die Höhe, an der die drei ersten Finger wie verbrannt waren.

Das Tun und Schreien erregte umso mehr Aufsehen, als man ihn als einen friedliebenden und ruhigen einheimischen Schneider erkannte. Die Leute strömten zusammen und drangen mit Fragen in ihn, ohne in seinen verwirrten Antworten einen Sinn finden zu können. Erst den Domherren, die als Edelleute am Fegefeuer am meisten interessiert waren, gelang es, ihn ruhig zu kriegen. Sie drängten das Volk zurück, bildeten einen Kreis um den Schneider, examinierten ihn und dieser erzählte, was wir hier wiedergeben.

Der Schneider war am Tag zuvor von den Klosterherren zu Bödecken ins Kloster gebeten worden, um dem Bruder Schneider bei der Fertigung vieler neue Habite, die bei einem bald erwarteten Besuche des Bischofs getragen werden sollten, behilflich zu sein. Wegen der vielen Arbeit konnte er sich erst bei einbrechender Dunkelheit auf den Weg machen. Er hoffte, das Kloster an dem mondhellen Abend noch vor Mitternacht zu erreichen und bei dem Bruder Pförtner freundliche Aufnahme zu finden.

Zügig vorangehend, kam der Schneider bis in die Nähe des berüchtigten Lutterberges. Dabei fielen ihm manche Sagen, die er in seinem Leben von dem Berg gehört hatte, schwer aufs Herz. Schnell wurde seine Beklommenheit zur entsetzlichsten Angst; er setzte die Füße schneller vorwärts, sah scheu zu beiden Seiten und vermied fast den Atemzug, um sein Dasein nicht kundzutun. Auf einmal, ganz in der Nähe des entsetzlichen Berges, der wie ein unendlich großer, drohender, alles verschlingender Riese vor ihm lag, hörte er ein lautes Geräusch hinter sich. Sein Körper zitterte, seine Beine schlotterten, seine Hände waren unfähig, das Kreuz zu schlagen. Als das unheilvolle, schauerliche Geräusch immer näher zu kommen schien, verließ ihn die Kraft und er sank zusammen.

Im gleichen Augenblick holte ihn das Geräusch ein und der von kaltem Angstschweiß triefende Schneider sah sich von einer großen Menge schwarzer, teils geharnischter, teils ungeharnischter Gestalten umgeben. Sie waren zu Fuß und auf schwarzen, wie Feuer leuchtenden Rossen, die ihn mit glühenden, feurigen Augen anstarrten. Sie taten ihm nichts und sprachen auch nicht. Nur einige große schwarze feurige Hunde kamen ganz nahe an ihn heran, glotzten mit ihren glühenden Augen und wollten ihn mit ihren großen feuerspeienden Mäulern beriechen. Der Schneider rief voller Angst: »Habt Gnade, ihr gestrengen Herren! Seid barmherzig!«

Daraufhin verbreitete sich ein Gelächter der Hölle und die Hunde stimmten heulend mit ein.

Einer der Vornehmsten, gänzlich gewappnet und gerüstet, saß auf einem hohen Pferd und hielt an. »Fürchte dich nicht, Geselle«, sagte er zu dem Schneider. »Berichte uns, wer du bist und was dich hierherführt.«

Die Stimme klang so sanft, dass der Schneider Mut fasste und mit kläglicher Stimme antwortete: »Ich wollte zum Kloster Bödecken, um den Mönchen neue Habite zu machen; ich bin ein armer Schneider aus Paderborn.«

Bei dem Wort Schneider lachten die Gestalten wie toll und die Hunde heulten von Neuem; der hohe Ritter wandte sich seinen Gefährten zu und sagte: »Den Gesellen können wir brauchen! Anstatt den Mönchen zu helfen, kann er bei unseren Schneidern arbeiten. Die Sache bleibt sich gleich.«

»Nur dass unserer mit brennenden Nadeln und mit glühendem Zwirn näht«, riefen lachend mehrere.

Da erbebte der Schneider, sein Herz schlug heftiger als je zuvor, er schrie von Neuem um Gnade und dass man ihn weitergehen lassen solle. Der geharnischte Ritter gab einem Reisigen, der im Hintergrund auf einem großen schwarzen Hengste wartete, einen Wink. Sofort kam er näher, ergriff den Schneider und hob ihn hinter sich auf sein Ross. In sausendem Galopp jagte der ganze Haufen unter Lachen, Schreien, Toben und Hundegebell dem Lutterberge zu.

Als sie ankamen, stiegen die Ritter ab und gaben ihre Pferde den Knechten. Auch der vor Angst halb tote Schneider und sein Reitgefährte stiegen ab und folgten dem Zug zu einem großen Tor, das sich vor ihnen auftat. Als der Schneider in das Innere des Berges kam, wich seine Angst vor Erstaunen über den Anblick, der sich ihm darbot.

Es befand sich in einem unermesslich großen Saal, der von einem Ende des Berges zum anderen, von der einen Seite zur anderen und bis oben an die Spitze hinauf zu reichen schien. So groß war der Saal, dass der Dom in Paderborn nebst der Jesuitenkirche, der Chorkirche und der Abdinghofkirche alle zusammen hunderttausend Mal darin Platz gehabt hätten. Aber in diesem Saal gab es kein einziges leeres Plätzchen; alles war besetzt, überall herrschte lautes buntes Leben. Lange stand der Schneider, betäubt von dem Anblick und von dem tollen Treiben und den vielen Geräuschen um ihn her. Endlich siegte seine Neugier und er richtete den Blick auf seine Umgebung.

Er war davon überzeugt, dass er sich wirklich im Fegefeuer des westfälischen Adels befand und dass alle diejenigen, die sich vor ihm bewegten, abgeschiedene Seelen waren. Er entdeckte eine Menge Kavaliere, die längst gestorben waren und die er im Leben sehr wohl gekannt hatte, viele Knappen, in deren Gesellschaft er in der Oberwelt dann und wann einen Krug Bier geleert hatte. Und er bemerkte einen Kriegsknecht des Grafen von Westphalen, der ihm sein Hauskreuz, Elsabein, hatte abspenstig machen wollen. Dieser Knecht stand hinter dem Stuhl seines Herrn, wartete diesem auf und schien den Schneider nicht zu bemerken oder nicht zu kennen.

Der Schneider blickte sich mehr und mehr in dem weiten Gewölbe um. Er erkannte wohl, dass das lustige Leben hier nur eine Maske war. Hier saß ein Haufen, der sich an einer reich besetzten Tafel gütlich tat, sang und jauchzte; andere saßen zechend und jubelnd hinter großen vollen Humpen; noch andere unterhielten sich über ihre Kriegstaten und sonstige Abenteuer. Sie wirkten froh und lustig und doch sah der Schneider, dass die Fröhlichkeit nicht von Herzen kam. Es war so, dass die Essenden ununterbrochen den Mund verzogen, sobald sie Speisen zu sich nahmen. Und denen, die tranken, wenn sie den Becher an die Lippen setzten, fuhren schwefelgelbe Flammen hinein. Die Spieler rieben die Hände, wenn sie Karten oder den Würfelbecher angefasst hatten. Alle saßen auf glühenden Stühlen, sie standen ständig und plötzlich auf, rutschten hin und her. Alle zeigten den Schmerz verbeißende Gesichter, die vornehmlich die Singenden und Jubelnden hatten.

Eine Zeit lang sah der Schneider dem allgemeinen Treiben zu; dann betrachtete er einzelne Personen, die er im Leben gekannt hatte, wegen denen er oft neugierig gewesen, was nach ihrem Tode wohl aus ihnen werden würde. Und dabei fand er oft die Ursache zu seinem größten Erstaunen. Gleich zu Anfang fiel ihm ein Mann mit einem schönen frommen Gesicht auf. Dieser hatte ganz in seiner Nähe einen Ehrenplatz an einer großen Tafel eingenommen. Seine Züge schienen dem Schneider bekannt, er betrachtete sie genauer und dabei wäre ihm beinahe ein Ausruf der Überraschung entfahren. Denn er erkannte darin den Bischof Wilhelm von Paderborn, der vor einem Jahr gestorben war. Der Bischof aß glühenden braunen Kohl, den er im Leben gern gegessen, verzog dabei ganz erbärmlich sein Gesicht, erzählte von seinen stets geliebten Saujagden und zuckte bei jedem Wort mit dem Munde, als wenn er Feuerflammen schluckte und wieder aushauchte.

Neben ihm saßen mehrere Domherren, Pröbste, Dechanten, Kantoren, denen es nicht besser erging als ihrem Präses. Und fast alle hatte der Schneider einstmals gekannt.

Die Geistlichen saßen an Extratischen, ebenso hatten die Ritter ihre Tische, an denen sie familienweise zusammensaßen. Frauen waren hier nicht vertreten, der Schneider erblickte nur Herren und Knechte. Verwundert hatte er dies alles eine Zeit lang angeschaut, als an dem Tisch, an dem die Seelen der edlen Herren von Bareken tafelten, ein ziemlicher Streit ausbrach. Gerade war eine neue Seele angekommen, ein junges nettes Herrchen mit einem glatten, fast gelehrten Gesicht. Dieser sah sich einige Minuten forschend im Saale um, schritt dann, als er den Tisch der Edlen von Bareken bemerkte, keck darauf zu, gab sich als Familienmitglied zu erkennen und wollte sich auf einen leeren Stuhl setzen. Da erhob sich ein alter, großer und starker Ritter. Er hatte ein breites, dunkles Gesicht und einen gewaltigen Schnauzbart. Zornfunkelnd trat er vor den jungen Herrn, riss ihm den bereits gefassten Stuhl aus den Händen und schrie, dass er nicht an diesen Tisch gehöre.

»Warum?«, fragte der junge Herr verdutzt.

»Darum«, schrie der alte Ritter noch zorniger, »weil du ein feiger Gesell bist, der unserer ehrlichen Gesellschaft nicht wert ist. Du bist dem Gottesurteil ausgewichen zusammen mit Christian von Mantoll. Außerdem glaube ich, dass nicht ein edler Herr von Bareken dein Vater ist, sondern höchstens ein schlechter Knappe!«

Bestürzt wollte der junge Herr darauf etwas sagen. Aber man ließ ihn nicht zu Wort kommen. Die ganze Gesellschaft fiel über ihn her und schleppte ihn zu einer langen, schmalen Bank aus glühendem Eisen, auf der die Knappen und Knechte der Familie saßen. Hier wiesen sie ihm seinen Platz an.

Auch an einem anderen Tisch, an dem der Graf und die edlen Herren von der Lippe saßen, trug sich Merkwürdiges zu. Mehrere Bedienstete liefen geschäftig umher, setzten einen großen, mit Lorbeeren verzierten Sessel vor den Tisch und verkündeten, dass Graf Simon von der Lippe soeben verstorben sei und alsbald erscheinen werde. Über diese Botschaft freuten sich die Familienmitglieder und auch die Herren in der Nachbarschaft sehr, denn der Graf war allen als der mutigste Kämpfer bekannt. Nur Bischof Wilhelm wirkte bei dieser Nachricht missvergnügt, denn er hatte in seinem Leben manche Fehde mit dem Grafen gehabt und war oft genug von ihm besiegt und gefangen genommen worden. Deshalb drehte er sein zornglühendes Gesicht zur Seite, als Graf Simon den Saal betrat.

Dieser war groß und stattlich und wurde von seinen Stammesgenossen und Anverwandten jubelnd empfangen. Wie in einem Triumphzug führte man ihn zu seinem Sessel und bewirtete ihn sofort mit den herrlichsten Speisen und köstlichsten Weinen. Wie sehr sich aber der Graf über den ehrenvollen Empfang freute, so entging es dem Schneider nicht, dass jener während des Essens und Trinkens entsetzliche Gesichter schnitt, worüber einige jüngere Herren von der Lippe, die mit der Sache bereits vertraut waren, herzlich lachten.

Gleich darauf wurde dem Grafen eine große Freude zuteil. Ein Diener kam, flüsterte ihm etwas ins Ohr und sprach lange und leise mit ihm. Dann rannte er davon und kam schnell mit einem großen Sessel zurück, den er zur Seite des Grafen stellte. Da erfuhren alle, dass der Freund und Kampfgenosse des Grafen, der berühmte Ritter Busso von Asseburg, in dieser Nacht gestorben sei und sich auf den Weg hierher gemacht habe. Diese Botschaft verbreitete größte Freude und alle sahen es gern, dass so ein tapferer Ritter an ihren Tisch kommen würde.

Dies alles und noch viel mehr hatte der Schneider gesehen, als er endlich wieder an sich selbst dachte und mit nicht geringer Sorge und Angst der Dinge harrte, die da kommen könnten.

Er sah sich nach einem Mittel um, aus dem Berg wieder herauszukommen. Aber auf einmal wurde er zu seinem Schrecken mit den Knappen und Knechten, die an seiner Seite standen, zum Essen gerufen und dann an eine Tafel geführt, die ganz links in einer Ecke stand. Er musste mitgehen, setzte sich aber nicht auf den schmalen, feurigen Eisenstreifen, der die Bank ausmachte, er rührte auch nicht die Speisen an, die ihm doch ein wenig zu heiß schienen. Erst als sein Leibgericht, Forellen und frische Erbsen, auf den Tisch kam, konnte er nicht widerstehen. Rasch griff er mit der rechten Hand in die Schüssel. Mit einem furchtbaren Schrei zog er sie schnell zurück, denn von den drei vordersten Fingern seiner rechten Hand war nichts mehr da – sie waren verbrannt und in der Schüssel geblieben.

Er heulte fürchterlich. Anstatt ihn zu trösten, begannen seine Tischgenossen grässlich zu lachen. Man verspottete ihn und machte sich über seine Grimassen lustig. Dies dauerte so lange, bis ein lautes Geräusch vor dem Berge die Aufmerksamkeit von ihm ablenkte. Es hörte sich an, als wenn hundert Ritter in schweren Rüstungen mit Lanzen und Schwertern und auf wilden Rossen heransprengten. Alle drängten sich zu den Geräuschen hin. Dabei wurde der Schneider zu seinem Glück mit fortgerissen. Auf einmal sah er den Eingang des Berges weit geöffnet, der Ritter Busso und sein Geleit mit den vielen Knappen sollte eingelassen werden. Der Schneider aber nutzte die Gelegenheit und floh unbemerkt durch das offene Tor. Er stand im Freien, während der Morgen begann. Wie ein gehetztes Reh lief er davon, bis er auf dem Domhof in Paderborn erschöpft niedersank.

Verwundert hatte man seiner Geschichte zugehört. Viele glaubten ihm, denn es war bekannt, dass sich im Lutterberg das Fegefeuer des westfälischen Adels befand. Andere glaubten, der Schneider habe entweder geträumt oder sei von irgendeinem Ritter, vielleicht auch von bösen Geistern gefoppt worden. Selbst seinen verbrannten Fingern wollte man keinen rechten Glauben schenken. So lange, bis am anderen Morgen die Nachricht in Paderborn eintraf, es seien in jener Nacht, von der der Schneider gesprochen hatte, tatsächlich der Graf Simon von der Lippe und Ritter Busso von Asseburg gestorben. Erst da begann man, dem Schneider zu glauben.

Im Nordosten der Stadt Büren (Kreis Paderborn) liegt die historische Ansiedlung Böddeken. Das ehemalige Kloster und heutige Gut Böddeken liegt in einem Karsttal der Paderborner Hochfläche.

Das Kloster Böddeken wurde 1802 durch die Preußen aufgelöst und gehört laut der Geschichte des Fürstbistums Paderborn zu den bedeutendsten Ordenshäusern in Westfalen. Im 15. Jahrhundert war es eins der einflussreichsten deutschen Klöster mit europäischem Wirkungsgrad.

Der Name der Stadt Paderborn

Paderborn bekam seinen Namen vom Fluss Pader, der dort unter dem Choraltar im Dom aus drei verschiedenen Brunnen entspringt. Die zunächst kleinen Bäche, die aus diesen Brunnen fließen, laufen mitten in der Stadt zusammen. Deshalb wird sie Paderborn genannt. Der Fluss soll einst von Karl dem Großen den Namen ›Pader‹ bekommen haben. Dieser hat in seinem Krieg gegen die Sachsen wegen des Wassermangels sein Zelt eingepfählt und dabei die Quelle des Flusses entdeckt. Er nannte ihn Pader in Erinnerung an den italienischen Fluss Padus (Po).

Im alten paderbornischen Platt heißt die Stadt Paterboärn und die Paderborner Umgangssprache sagt heute Pad(d)aboan.

Paderborn ist eine Großstadt im Osten von Nordrhein-Westfalen, sie ist auch das Oberzentrum sowie Mittelpunkt der Region Hochstift Paderborn. Der Name setzt sich zusammen aus Pader, der Fluss, an dem die Stadt liegt – und Born, einer früheren Bezeichnung für Quelle.

Die erste Universität Westfalens wurde schon 1614 in Paderborn gegründet. Eine neue Universität existiert seit 1972. Seit dem frühen 9. Jahrhundert ist die Stadt Sitz des Bistums Paderborn, das

1930 zum Erzbistum erhoben wurde. Bis 1802/03 war Paderborn Hauptstadt des Fürstbistums Paderborn.

Paderborn verfügt über eine sehr lange, wechselvolle Geschichte. Es gibt Fundstätten von mittelsteinzeitlichen Lagerplätzen, größeren Erdwerken und jungsteinzeitlichen Steinkistengräbern, außerdem bronzezeitliche Hügelgräber und feste Wohnplätze mindestens seit der vorrömischen Eisenzeit. Zur Zeit des römischen Nachschublagers nahe Anreppen einige Kilometer westlich, das im Jahr 4 n. Chr. angelegt worden war und in der Folge der römischen Niederlage in der Varusschlacht nur wenige Jahre bestand, waren dies etwa die Marser und die Cherusker (die sich beide auch an der Varusschlacht beteiligt hatten). Es ist eher unwahrscheinlich, dass dieses Lager das östlichste Römerlager entlang der Lippe gewesen sein soll. Wahrscheinlicher ist, dass sich ein weiteres, noch unentdecktes Lager nahe den Quellen der Lippe oder der Pader im Raum Paderborn befunden haben muss.

Heute kann die Stadt unter anderem mit den Westfälischen Kammerspielen, dem Kulturfestival ›Dalheimer Sommer‹ im ehemaligen Kloster Dalheim aufwarten, ebenso mit zwölf Museen, wie zum Beispiel dem Heinz Nixdorf MuseumsForum (HNF) als weltgrößtem Computermuseum. Das wichtigste Baudenkmal der Stadt ist der Dom mit dem Drei-Hasen-Fenster.

Der Brunnen im Dom zu Paderborn

Im Dom zu Paderborn quillt ein tiefer, kühler Brunnen. Niemand, der sich den alten Dom zeigen lässt, vergisst, sich diesen Brunnen anzusehen, denn an ihn knüpft sich eine wunderbare Sage. Man glaubt nämlich, dass auf dessen Boden Schätze von Gold und Edelsteinen ruhen, die mehr wert sind als das ganze Paderborner Land, aber niemand vermag sie zu heben, denn ein schwerer Bann hält sie von alten Zeiten her gefangen. Nur über ein steinernes Muttergottesbild hat der böse Zauber keine Macht. Jeder, der das rechte Wort und die rechte Zeit weiß, kann das Bild heraufholen. Wem dies gelingt, der besitzt das größte Kleinod auf der Welt. Denn wenn das Bild aus dem Brunnen geholt ist, werden das Haus und die Stadt und das Land mit allem erdenklichen Glück gesegnet.

Und so saß auch einmal auf dem Bischofsstuhl zu Paderborn ein Bischof, der unbedingt in den Besitz dieses Marienbildes kommen wollte. Er überlegte hin und her, wie er dies anstellen könne. Er kam auf die Magie, beschloss, sie zu studieren, um dann den Schatz heben zu können. Er las alle Bücher über Zauberei und Schatzgräberei, derer er nur habhaft werden konnte. Nur gab es nirgends einen Hinweis, womit er die Schätze des Brunnens heben könnte. Über seine Grübeleien wurde er missmutig, fand keine Idee, bis sich plötzlich ein Mann bei ihm vorstellte, der ihm versicherte, dass er das Bild aus der Tiefe hervorholen könne. Der Bischof war über das Anerbieten hocherfreut. Und noch mehr, dass der Mann auf seine Frage, was er für Lohn haben wolle, erwiderte: »Nichts als die Erlaubnis, in diesem von der Muttergottes gesegneten Lande wohnen zu dürfen.« Das versprach ihm der Bischof sofort und noch weit mehr, wenn er nur sein Wort halten würde.

Der Mann bat sich drei Tage Zeit aus, um seine Vorbereitungen zu treffen. Nachdem die drei Tage um waren, kehrte er zum Bischof zurück und forderte diesen auf, mit ihm in den Dom zu gehen. Sie kamen zur Mittagszeit dort an, traten ein und verschlossen hinter sich die Türe. Der Fremde erlegte dem Bischof strengstes Stillschweigen auf. Dann stellten sie sich an den Rand des Brunnens und der Mann begann, aus einem Buch eine Beschwörung halblaut zu lesen. Danach nahm er so etwas wie graues Pulver aus einem Papier und warf es unter Aussprechen verschiedener Zauberworte in den Brunnen, las wieder einige Zeilen aus dem Buch und warf wieder von dem Pulver hinab. Endlich wiederholte er dieselbe Prozedur zum dritten Male, indem er zugleich mit einem Spiegel und Ringen über dem Brunnen wunderliche Zeichen machte. Der Bischof, der zufällig einen Blick in den Spiegel warf, sah, wie sich plötzlich ungeheure Gestalten in demselben zu regen begannen, sich wanden und ballten und bäumten. Wie die Geister im Zauberspiegel, so bewegte sich nun das Wasser im Brunnen, es zischte und schäumte und gärte, sodass es dem Bischof graute. Doch nach und nach wurde es ruhiger im Spiegel und stiller in der Tiefe, die Bilder verblassten und das Wasser sank. Endlich war der Brunnen ganz trocken, eine Treppe wurde sichtbar, die auf vielen Stufen nach unten führte. »Wartet auf mich nur eine kleine Weile«, sprach der Zauberer zum Bischof, »gleich bin ich mit dem heiligen Bilde wieder bei Euch!« Er stieg die Treppe hinunter und verschwand am Ende durch eine kleine Tür, die sich unten befand. Kurz darauf kam er zurück und trug das schwere Steinbild auf der Schulter. Es sah grau und verwittert aus. Während er nach oben stieg, kam das Wasser langsam hinter ihm her und als er angekommen war, stand es so hoch im Brunnen wie vorher. Von dem Muttergottesbild strömte ein unbeschreiblich angenehmer Duft aus und der Bischof stellte es gleich auf den Hochaltar.

Er fragte nun den Fremden: »Mein Sohn, sahst du denn nichts von den köstlichen Schätzen, die der Abgrund dort unten verbirgt?«

Da begann der Fremde zu erzählen, er berichtete von der Tiefe, in der Paläste von Gold und Burgen von Perlen ständen, wo in duftenden Gärten Diamantblumen blühten, wo die größten Kostbarkeiten bergehoch aufgestapelt lägen, fügte aber warnend hinzu, dass ein schwerer Bann darauf läge. Wer die Hand danach auszustrecken wage, dem drohe das große Verderben. Der Bischof war von der Beschreibung so begeistert, dass er erklärte, es möge kommen, was wolle, er wolle hinunter und diese Wunder sehen. Der Fremde bat ihn inständig, er möge doch sein Leben und das Heil seiner Seele nicht so leichtfertig aufs Spiel setzen. Keine mahnenden Worte halfen, der Bischof bestand auf seinem Wunsch und nötigte den Fremden, die Beschwörung ein zweites Mal vorzunehmen. Als dieser das tat, wurde das Wasser sehr viel unruhiger als das erste Mal. Dies war dem Bischof egal, er ließ sich auch jetzt nicht davon abhalten, hinabzusteigen. Als er durch die kleine Tür ging, kam er in ein Tal, das wie von rosigem Morgenrot umflossen war, heiße Wohlgerüche strömten von allen Seiten auf ihn zu und obgleich er tief unten im Schoße der Erde war, war doch alles glänzend hell um ihn. Dieser Glanz ging von sieben goldenen Palästen aus, die in dem Zaubertal standen und mit Edelsteinen und Perlen geschmückt waren. Schnell wollte er darauf zugehen, aber da nickte ihm aus den Blumenbeeten eine Rose mit einem so süßen Duft entgegen, dass er sie einfach abbrechen musste. In demselben Augenblick hörte er, wie die Eisentür zufiel. Um ihn herum wurde es finster und die Wasser stiegen brausend in dem Brunnen empor. Dieser Bischof ist nie wieder zum Vorschein gekommen, auch das Marienbild und der Fremde verschwanden aus dem Dom. Möglich ist, dass das Marienbild wieder zurück in den Brunnen kam.

Kloster Dahlheim

Früher war Dahlheim bei Paderborn ein reiches Kloster – jetzt ist es eine königliche Domäne. So lebten damals die Mönche alle Tage in Freude und waren stets guter Dinge. Selbst an einem Fastentag wussten die geistlichen Herren sich zu helfen – sie bereiteten Eier und Fische so köstlich zu, als sei es das beste Wildbret.

An einem Aschermittwoch standen auf der Klostertafel etliche Schüsseln mit den leckersten Austern. Der Prior lächelte wohlgefällig, ergriff das Messer, um eine der köstlichen Muscheln zu öffnen. Als er sie in der Hand hielt, verwandelte sich die Muschel in eine ekelhafte Kröte. Voller Entsetzen sprang er von seinem Stuhl auf, ebenso die Mönche und nach und nach verwandelten sich alle Austern in so ein scheußliches Tier. Die lüsternen Mönche hielten inne, dachten nach und nahmen sich diese Mahnung zu Herzen. Man sagt, sie hätten seitdem nie wieder Austern gegessen.

Das Kloster Dahlheim oder auch Dalheim (verschiedene Schreibweisen) ist ein ehemaliges Augustiner-Chorherrenstift. Es liegt bei Lichtenau im Kreis Paderborn.

Es wurde im 15. Jahrhundert gegründet und im Barock prachtvoll erweitert. Die beinahe vollständig erhaltene Klosteranlage wurde nach der Säkularisation (1803) als Gutshof genutzt. Seit 2007 beherbergt das Kloster Dalheim das LWL-Landesmuseum für Klosterkultur und ist eins der 17 Museen des Landschaftsverbandes Westfalen-Lippe, das von der Stiftung Kloster Dalheim betrieben wird.

Die arme Seele

Et sit en arme Seele unner de Brügge för Haxthusen-Hofe to Paderborn, de prustet unnerwielen. Wenn nu ter sülvtigen Tiet en Wage deröverfärt und de Fohrmann seid nich: »Gott seegen«, so mot de Wage ümfallen. Un hät oll manig Mann Arm un Bein terbroken.

Der Spuk im Seegrund

In Dringenberg, in der Nähe des Fürstbistums Paderborn, war der alte Naphtali als Vorbeter der jüdischen Gemeinde tätig und versah seinen Dienst viele Jahre. Der eisgraue kleine Mann war gutherzig und gesellig. Wenn er etwas sagte, hörte man hin.

An einem Samstagabend musste er nach Dringenberg, hatte sich verspätet und eilte durch den Seegrund nach Hause. Der Mond leuchtete kaum, das wenige Licht zog über die Felder und flirrte über die Bäume. Plötzlich hörte er vor dem Wald aus der Schlucht, die vom Weg gut zu sehen war, etwas klingeln. Er sah – zwar noch entfernt –, wie zwei Gestalten auf ihn zukamen. Von diesen Personen ging ein beinahe weißer Schein aus, es wirkte, als wenn sie ein Leinengewand trügen. Schon kam das Klingeln immer näher. In wenigen Minuten würden sie bei ihm sein und dann rechts an ihm vorbeigehen. Da blieb Naphtali stehen und setzte den Stock tastend auf den dürren Rasen des Kalksteins, um sich abzustützen. Da überfiel den alten Mann ein eigenartiger Schauder und er wusste sich nicht anders zu helfen, als dass er »Lecho daudi likras kallo« sang. Als die zwei Wanderer dies hörten, stiegen sie, so lautlos wie sie gekommen waren, rasch bergan und waren bald im Unterholz verschwunden. Dem Rabbi schien es, als hätte der eine Wanderer etwas vor sich hergetragen, es schien ihm, dass dies aussah wie der katholische Priester, wenn er zu den Kranken ging. Naphtali hatte oft davon gesprochen, dass er sich doch taufen lassen wolle. Und über diesen Wunsch ist er dann gestorben.

Dringenberg ist ein Stadtteil von Bad Driburg im Kreis Höxter und war mit seiner Burg über Jahrhunderte neben Paderborn und Neuhaus der wichtigste Verwaltungssitz im Fürstbistum Paderborn.

Spukende Nonnen

Zwei weiße Nonnen, die spuken in Büren. Ein Müller ging am Nikolausabend vor die Haustür. Er wollte nachsehen, ob ein Sankt Nikolaus (jemand, der sich als Nikolaus verkleidet hat) zu seinem Haus käme, da sah er auf der Brücke in der Nähe des Hauses zwei weiße Gestalten sitzen und erkannte sie als zwei Nonnen. Sie redeten ihn an und offenbarten ihm, warum sie spuken müssten. Sie hatten ein Gelübde, einen Viertelscheffel Geld zum Heiligen Grab zu bringen, nicht gehalten. Sie baten den Müller, an ihrer Statt das Geld, das sie ihm aushändigen wollten, zum Heiligen Grab zu tragen, und versprachen ihm als Lohn einen zweiten Viertelscheffel Geld. Aber er wollte diese Bitten nicht erfüllen und ging wieder ins Haus zurück. Als er die Tür hinter sich schloss, hörte er noch lange das Gewimmer und Geschrei der beiden Nonnen.

Um 1150 erbauten die Edelherren von Büren in der Nähe wichtiger Handel- und Heerstraßen eine Burg. Mit einer Umsiedlung aus dem Dorf Büren entwickelten sie vor der Burg eine städtische Siedlung. Diese wurde 1195 mit Zustimmung des Paderborner Bischofs mit Stadtrechten ausgestattet. Die Anbindung einer abhängigen städtischen Gefolgschaft sicherte den Schutz der Burg, aber auch die Einkünfte der Edelherren. Möglich wurde sie durch die Gewährung umfassender städtischer Rechte. Dazu gehörte die Anlage einer Stadtmauer ebenso wie das Zugeständnis einer weitgehend autonomen Stadtverwaltung und einer eigenen Rechtsprechung.

Wirtschaftlich gestärkt wurde Büren durch das Recht, eigene Münzen prägen zu lassen, vor allem aber auch aus dem überörtlichen Fernhandel Zölle eintreiben zu können. Dadurch konnte sich Büren schnell von einer bäuerlichen zu einer handwerklichen und kaufmännischen Siedlungsgemeinschaft entwickeln. Das reiche Zunft- und Gildewesen der Stadt zeugt von regem Handel und Wandel.

Teutoburger Wald

Von der Pfaffenkammer und der Rethwelle

In den Bergen des Teutoburger Waldes zwischen Wellingholzhausen und Borgholzhausen befindet sich eine große Höhle, diese wird die Pfaffenkammer genannt. Sie soll bis Herford gehen und die Sage erzählt, dass man sieben Stunden braucht, bis man an ihr Ende gelangt. Die ersten Christen aus dieser Gegend haben sie angelegt, um sich darin vor den Überfällen der Heiden zu schützen. Eine knappe Stunde weiter westlich von ihr entspringt auf der linken Seite der Dissener Straße unter hohen Buchen die Rethwelle. Früher nannte man sie Rettwelle. Sie ist ein heiliges Wasser, weil in ihr einst die Taufe gespendet wurde.

Vor vielen Jahren wohnte in der Pfaffenkammer ein frommer und sehr angesehener Eremit. Mit den Kräutern, die er in den Wäldern fand, heilte er die Kranken und zeigte den Bewohnern der Gegend das Veredeln der wild wachsenden Bäume. Das Kreuz am Eingang der Höhle war weithin zu sehen und erinnerte die Menschen im Tal an den Sieg des Erlösers über das Heidentum. Eines Tages aber war das Kreuz verschwunden. »Was ist geschehen?«, fragten die Leute bestürzt. Man sandte Boten aus, um nach dem Einsiedler zu suchen. Das war vergebens und keiner der Boten kehrte zurück. Aber ein zehnjähriges Mädchen konnte das Geheimnis lüften.

Es hatte im Wald Beeren gepflückt. Als es gehen wollte, hörte es dröhnende Schritte und ein Riese, der über alle Büsche und Bäume hinwegragte, stapfte heran. Schnell versteckte sich das Kind unter Buchensträuchern. Das Gesicht und die Hände des Riesen waren dicht mit schwarzen Haaren bewachsen. Hinter ihm kam ein Hund, der so groß wie ein Rind war. Dieser war genauso entsetzlich anzusehen wie sein Herr. Da floh das Mädchen in eine Fuchshöhle. Aber der Hund witterte es, scharrte und bellte am Eingang, bis der Riese ihn anschrie: »Dummes Vieh, warum suchst du nach Füchsen, du sollst mir Rehe oder Hirsche, Schafe oder Menschen bringen!« Ein Fußtritt folgte den Worten und der Hund heulte fürchterlich. Dann wurde alles still bis auf die Schritte des Riesen, die sich von der Pfaffenkammer entfernten.

Die Geschichte von dem Riesen und seinem Hunde verbreitete sich in der ganzen Gegend. Den beiden war auch der fromme Einsiedler zum Opfer gefallen. Als der Bergwald aber keine Nahrung mehr für sie hatte, brach der Hund in die Schafherden ein, raubte Kühe und tötete auch Menschen.

Vor dem Eingang der Pfaffenkammer häuften sich die Knochen und die Raben und Geier stritten sich um die Reste. War der Riese satt, legte er sich in die Höhle und schnarchte so laut, dass man ihn in der ganzen Region hörte und vor Furcht zitterte.

Nun lebte auf der Dietrichsburg der Ritter Jörg, dem im Traum die weiße Frau erschien. Sie stand vor seinem Bett und sagte: »Dich hat Gott berufen, das Land von dem bösen Riesen zu befreien. Rüste dich vor Sonnenaufgang, nimm ein scharfes Schwert, sattle deinen Schimmel und reite nach Süden. Dort wird dir das Glück begegnen. Folge ihm, ganz gleich, in welcher Gestalt es sich dir zeigt, bis zu einer Quelle. Bade in der silberklaren Flut, dann wirst du im Kampf mit dem Riesen der Sieger sein. Das Glück, das dir den Weg zeigt, wird dich dein Leben lang nicht mehr verlassen.« Ritter Jörg tat am andern Morgen, wie ihm die weiße Frau geheißen hatte. Als er zum Teutoburger Wald kam, sprang dem Ritter ein weißes Kätzchen auf den Sattel. Er streichelte es und dachte: »Das wird wohl mein Glück sein!« Kurz darauf hielten sie vor dem heiligen Wasser. Das Kätzchen sprang ins Gebüsch. Der Ritter stieg ab, legte die Waffen beiseite und badete in der Rettwelle. Da kam ein wütendes Gebell immer näher, der große Hund des Riesen stand zum Sprung bereit vor der Quelle und wollte den Ritter zerfleischen.

Schon aber saß die weiße Katze im Nacken des Hundes und schlug ihm die Krallen in die Augen. Blind stürzte er mit furchtbarem Geheul zurück in den Wald. »Das war mein Glück«, sagte der Ritter und stellte sich mit seinen Waffen hinter eine breite Eiche, denn der wütende Riese kam mit wuchtigen Schritten auf ihn zu, ging aber vorbei und kam zu einer breiten Schlucht. Seine Keule, mit der er sich abstützte, glitt ihm aus den Händen und er stürzte die Böschung hinunter. Da sprang der Ritter aus seinem Versteck hervor, spaltete mit mächtigem Schwertschlag dem Riesen den Kopf und stieß den toten Unhold in die Tiefe.

Er dankte Gott, bestieg an der Rettweile sein Pferd, hob das Kätzchen zu sich auf den Sattel und ritt heim. Am anderen Tage strömte das Volk zur Dietrichsburg. Hier wurden alle aufs Beste bewirtet. Die Edlen und Freien hatten sich im Rittersaal versammelt. Sie erlebten, wie Ritter Jörg das Kätzchen küsste. Da schwand der Zauber und statt einer Katze hielt er eine junge Gräfin von der Ravensburg in den Armen. Sie war das Glück, das nun immer bei ihm bleiben sollte.

Die ›Pfaffenkammer‹ ist eine Spalthöhle mit einem ein bis eineinhalb Meter breiten und 0,8 Meter hohen Eingang am oberen Südhang des Osberges. Wie die Sage erzählt, soll die Höhle den ersten Christen der Umgebung Zuflucht gewährt haben. Angeblich reichte sie in jener Zeit bis nach Osnabrück. Heute versperrt nach zwölf Metern Länge ein Schlussstein allen Neugierigen den Weg.

Die Eggester Steine

Die alten Helden, welche einst unser Land bewohnten, waren beinahe alle von Kaiser Karl besiegt und gezwungen worden, sich taufen zu lassen. Nur Herzog Wittekind war mit den Seinen noch übrig. Aber auch er konnte sich nicht mehr lange halten und seine Macht wurde täglich schwächer. In einer Nacht erschien ihm der Teufel und versprach ihm, einen Heidentempel zu bauen, der so gewaltig sein solle, dass selbst der starke Karl ihn stehen lassen müsse. Um dieses Heiligtum sollten sich dann alle, die noch den alten Göttern treu waren, in Einigkeit scharen. Er sagte, dass die meisten Neubekehrten umkehren würden, da in ihrem Herzen der christliche Glaube erst schwache Wurzeln getrieben habe. Und dafür, versicherte der Teufel, wolle er nichts anderes, als dass Wittekind und die Seinen dem väterlichen Glauben nie mehr entsagten. Freudig willigte der Herzog ein. Der Teufel versprach ihm, den Bau schon in der nächsten Vollmondnacht zu vollenden. Von diesem Tag an kämpfte Wittekind gegen Kaiser Karl erfolgreich und seine Anhänger wurden täglich mehr.

Es kam die Zeit des Vollmonds und der Teufel begann sein Werk. Aus aller Welt schleppte er ungeheuer große Felsen heran und türmte sie zu Gewölben und Hallen von riesigem Umfang übereinander. Als der Riesentempel beinahe vollendet stand, da gab es Gott dem Wittekind plötzlich ins Herz und er erkannte seinen argen Wahn. Schnell begab er sich in das Lager des starken Karls und ließ sich reumütig taufen. Als dies der Teufel gewahr wurde, fuhr er in großer Wut über den Tempel und riss Säulen und Wände und Giebel mit entsetzlicher Kraft auseinander, zerstreute die Felsen hierhin und dorthin. Das sind die Eggester Steine, die noch jetzt, grau und verwittert, am Eingang in den Teutoburger Wald zu sehen sind. Auf der Höhe des einen findet sich ein Gemach mit einem Opferstein, das der Teufel wohl vergessen hat, zu zerstören.

In viel späterer Zeit wohnte dann ein christlicher Einsiedler in den Felsenhöhlen. Er schlug in die rauen Wände Heiligenbilder, die ebenfalls deutlich zu sehen sind.

Die Externsteine

In alter Zeit wollte der Teufel, als die Andacht an den Externsteinen noch im Schwange war, die Felsen umstürzen. Mit aller Kraft stemmte er sich gegen sie, schaffte es aber doch nicht. Aber da er sich so mächtig dagegendrängte, drückte sich sein Hintern, wie noch zu sehen ist, tief in den

Stein. Auch die lichte Lohe, die ihm hinten rausfuhr, hinterließ einen Brandfleck an dem Felsen. Heute allerdings ist dieser Fleck nicht mehr zu sehen, da er von Erde und Buschwerk bedeckt ist.

Von dem großen Stein, der hart über der Heerstraße hängt, sagt man, er werde einst hinabstürzen und eine lippische Fürstin zerschmettern.

Der Wackelstein an den Externsteinen

Eine auffallende Kluft, durch die heute eine Straße führt, trennt den sogenannten Treppenfelsen von dem Fels Nummer 4. Auf diesem befindet sich ein mächtiger Brocken, der aussieht, als würde er jeden Moment hinunterstürzen. Seit unendlichen Zeiten fragt man sich, wie dieses geschehen konnte. »Das kann nur der Teufel gewesen sein!«, sagten die Leute und so erzählt es die Sage.

Als die Mönche der Christen die obere Kapelle auf dem Turmfelsen der Externsteine in Besitz nahmen und der erste Priester die glänzende und funkelnde Monstranz hochhielt, ein kostbares, mit Gold und Edelsteinen verziertes christliches Schaugerät, war der Teufel schon dabei, einen riesigen Felsbrocken herbeizuschleppen, um die Kapelle samt Priester und die Monstranz, die auch eine Hostie als den Leib des Herrn zeigte, zu zerschmettern. Während Satan mit großem Donner und einem mächtigen Gestank nach Schwefel kam, erkannte der Priester die Gefahr, wandte sich gegen den Bösen und hielt ihm die Monstranz entgegen. Überaus geblendet von dem überirdischen Glanz des Heiligtums, das wie eine Sonne aussah, brüllte Satan wie die ganze Hölle und wollte mit dem riesigen Stein nun alles vernichten. Er warf aber zu kurz und der Brocken verfehlte sein Ziel. Dadurch blieb er auf der gegenüberliegenden bizarr anmutenden Felsenkuppe hängen, wo er als Wackelstein hängt bis auf den heutigen Tag.

Vor Wut heulend fuhr Satan an dem Felsen herunter und stürzte sich auf das heilige Grab, das an dieser Stelle aus dem Felsen herausgehauen wurde. Er schlug seine Hände, die aussahen wie Klauen, tief in die Wand und rüttelte an der Gruft, so lange, bis die Stufen zerbrachen. Dann raste der Teufel weiter um die Steine und versuchte, sie nun alle umzustoßen.

Da stemmte er sich von unten gegen die Felswand, aber die mächtigen Kolosse konnte auch er nicht bewegen. Mit grässlichem Gestank und ziemlichem Geschrei fuhr Satan zurück in die Hölle und überließ das Heiligtum den Mönchen vom Abdinghof-Kloster, einer einstigen Abtei der Benediktiner in Paderborn. Keiner hat ihn hier wieder gesehen. Nur der Wackelstein, die Klaue im Grab und das schwarze Brandloch blieben als Spuren seiner unmäßigen Wut übrig.

Die Externsteine (auch Extersteine) sind eine markante Sandstein-Felsformation im Teutoburger Wald und eine herausragende Natursehenswürdigkeit Deutschlands. Innerhalb von Nordrhein-Westfalen im Kreis Lippe gelegen, gehören sie zu Horn-Bad Meinberg und sind vom Wiembecke-Teich und von einer parkartigen Anlage umgeben. Die in Stein geschlagenen Grotten, die geheimnisvollen Reliefs und der mysteriöse Sargfelsen weisen zwar viele Spuren menschlicher Nutzung auf, aber es bleibt die Frage, ob einstmals Heiden den Ort als Kultstätte nutzten oder ob sich hier Christen versammelten. Auch wird gefragt, ob es sich hier um eine uralte Sternwarte handelt.

Das aber wissen zumindest die Geologen: Die Externsteine entstanden vor rund 70 Millionen Jahren, als sich durch Verschiebungen der Erdkruste der ursprünglich flache Sandstein senkrecht aufstellte. Durch Verwitterung und Abtragung entwickelten sich nach und nach die bizarren Formen der Felsen.

Heute können Besucher die Externsteine über Treppen und Brücken besteigen. Zur Walpurgisnacht und zur Sommersonnenwende treffen sich dort Esoteriker aus vielen Teilen Deutschlands. Sie glauben, dass sie an den Felsen eine ungewöhnlich intensive Erdstrahlung spüren können.

Das Scharfrichterkreuz

Vor vielen, vielen hundert Jahren stand auf dem Altar der St. Kilianskirche ein schönes Steinkreuz, welches die Gemeinde einst mit großen Mühen angeschafft hatte. Aus unerfindlichen Gründen fiel es eines Tages vom Altar herab. Es war seltsam, dass es dadurch nicht zerstört und auf das Gesicht gefallen war. Da meinten die Leute, dies könne nur mit den Mächten des Bösen zugehen. Es wurde viel gemunkelt und man war sich sicher, dass hier der Teufel seine Hand im Spiel gehabt habe. Es wurde so viel geredet, dass sich der Pfarrer veranlasst sah, einen neuen Altar anzuschaffen.

Das alte Kreuz wurde in eine Ecke des Friedhofs gestellt und es stand lange Zeit so. Eines Tages starb der Scharfrichter und man war auf der Suche nach einem geeigneten Denkmal für ihn. Da erinnerte man sich an dieses Kreuz und fügte es mit einer Tafel samt Inschrift zusammen. So hat es noch einen Zweck gehabt und man kann es heute vor der Kilianskirche ansehen.

Vor dem Eingangsportal der St. Kilianskirche in Lügde steht das Grabkreuz aus rotem Sandstein des letzten Lügder Scharfrichters Mathias Bröcker. Er wurde am 12. September 1628 in Osnabrück geboren und starb am 6. Januar 1691 in Lügde.

Schwester Irmgard

In der Nähe von der Stadt Lügde, dort in jener Schlucht, durch die man nach der Hermannsburg geht, stand vor langer Zeit ein Nonnenkloster. Es muss ein reiches Kloster gewesen sein, hatte Mühlen und Vorwerke; und noch heute heißt die Stelle am Bach, wo einst die Ölmühle lag, ›die Nonnen Ölwiese‹.

In diesem Kloster lebte einst die Schwester Irmgard. Sie hatte einen heimlichen Liebsten, einen schneidigen Jägersmann. Jede Nacht kamen sie im Klostergarten zusammen, kosten und herzten einander. Dieser Liebste hatte ihr versprochen, sie aus der Enge der dumpfen Klostermauern zu befreien. Er wollte sie mit sich nehmen in die Ferne, an die Ufer des Rheins.

Als sie sich mehr und mehr liebten, als es sich unter dem Herzen der Nonne zu regen begann, der Weg die steilen Treppen hinunter in den Klostergarten immer beschwerlicher wurde, als sie es nicht mehr unter dem schwarzen Talar verbergen konnte, da wollte der ansonsten so forsche Jäger nichts mehr von einer Entführung wissen. Letztendlich kam er nicht mehr – nachdem Schwester Irmgard ihn immer und immer wieder gebeten hatte, sie mit an den Rhein zu nehmen.

Da stand sie eines Abends am Fenster und sah traurig hinunter auf den Weg, den er sonst nahm, um zu ihr zu kommen. Immer finsterer wurden ihre Gedanken und schwerer ihr Herz. Da hörte sie plötzlich ein seltsames Gemurmel auf den Gängen, auch in den Zellen; jedoch konnte sie die Stimme der Oberin deutlich von den anderen unterscheiden: »Wie konntet ihr mir nur solch eine Schande so lange verhehlen? – Ich werde die Ehrlose nicht mehr länger in unserer Mitte dulden, sie darf nicht mehr durch ihre Gegenwart unsere heiligen Räume entweihen. Wir werden sie hinausjagen in die Welt, deren trügerischen Lockungen sie verfiel. Da soll sie dem Elend preisgegeben werden und auf immer ihr schändliches Vergehen bereuen.«

Die Nonnen befanden sich inzwischen vor Irmgards Zelle, wollten sie öffnen, denn gleich musste die Oberin kommen und dort eintreten. Da riss die gequälte Irmgard in wilder Verzweiflung das Fenster auf, stürzte sich hinunter und zerschellte unten am Gemäuer, an dem mit den Zacken.

Und wer am späten Abend von der Hermannsburg kommt, der sieht es am Bach ruhelos wandeln. Ein grauer Schatten geht dort um und sieht traurig und sehr trostlos aus. Das ist der irre Geist der Schwester Irmgard.

Längst ist dieses Kloster verfallen, jede Spur von ihm ist im Laufe der Zeit verschwunden. Aber die Geschichte vom falschen Jägersmann und von Schwester Irmgard lebt immer noch weiter.

Der Grenzsteinträger in der Schwerter Feldmark

Siehst du auf der nahen Weide
Dort den Mann im grauen Kleide?

Wie er einen Stein, der glühend,
Auf dem Nacken trägt, sich mühend!

Wie er sich erbärmlich bücket,
Von der glüh'nden Last gedrücket!

Wie er jetzt daniederstürzet
Und die Luft mit Seufzern würzet!

Wie auch so der Stein ihn brennet,
Dass er wieder vorwärtsrennet!

Wie er gern, wenn er's nur dürfte,
Seine Bürde von sich würfe!

Wiss'! Ein Geist ist's, ein verdammter,
Ein dem nahen Hof entstammter.

Ach, er hat bei Lebetagen
Auch einst diesen Stein getragen,

Aber da aus freien Stücken,
Um die Grenze zu verrücken.

Und vom Nachbar drum verklaget,
hat er eidlich ausgesaget,

Dass der Stein von je gestanden,
Wo er damals war vorhanden.

Als er so sich Land erworben,
ist er bald nachher gestorben.

Und allnächtlich, bis zum Tagen,
Muss er nun den Grenzstein tragen,

Den zuvor der Strafverleiher
Glühend macht im Höllenfeuer.

Die strickende Nonne und der schreibende Graf im Kloster zu Gehrden

Im alten Benediktinerinnenkloster zu Gehrden im Kreise Warburg gibt es ein Spukzimmer. Hier, in dem sogenannten Götterzimmer, muss eine Nonne bis in alle Ewigkeit stricken; und um Mitternacht, da hört man das Geklapper der Nadeln.

Im Jahre 1230 wurde Gehrden von einem furchtbaren Brandunglück heimgesucht. Es wurde durch eine Nonne angelegt, die sich mit den Leuten über den Zehnten nicht einigen konnte. Durch diese Brandstiftung brannte bis auf wenige Häuser das Städtchen nieder. Am Jahrestag des Brandes soll sich noch heute eine grünliche Flamme über Gehrden zeigen. Die hat schon mancher gesehen. Und wer sie sah, weiß zu berichten, dass sich ein jedes Mal ein schreckliches Getöse erhebt.

Das Kloster kam einst in den Besitz des alten Grafen von Oeynhausen. In einem Zimmer schrieb er an einem Buch. Eine große Katze mit glühenden Augen setzte sich darauf, sodass der Graf nicht weiterschreiben konnte. Das wiederholte sich immer und immer wieder und durch nichts konnte diese Katze vertrieben werden.

Der Ursprung des Schlossparks Gehrden in Brakel geht auf das Benediktinerinnenkloster Gehrden zurück, das im Jahr 1142 gegründet wurde. Kurz danach errichtete man die Klosterkirche. Ihre kreuzförmige, dreischiffige Basilika aus heimischem Kalkstein wird als besterhaltene romanische Kirche der Region genannt. Zu Beginn des 13. Jahrhunderts kam der Turm hinzu, ebenso die Nordtür. Eindrucksvoll sieht sie aus mit dem Eisenbeschlag und einem Klopfer, der ein Dämonengesicht trägt. Die neun Glocken im Turm bilden das umfassendste Geläut in Westfalen. Die älteste Glocke erklingt schon seit jener Zeit, in der der Turm entstanden ist.

Sehenswert ist auch die Zwölf-Apostel-Linde. Der Besucher kann sie im Schlosspark bewundern und nachmessen, ob ihr Umfang tatsächlich zehn Meter aufweist.

Der Königsberg und Heiligenkirchen

In der Nähe von Detmold liegt der Königsberg mit seinem breiten, fast kahlen Rücken. Über diesen führte einst eine alte Heerstraße vom Rhein her durchs Senneland in das Wesergebiet. Es war König Karl der Große, der dem Berg seinen Namen gab. Denn hier, an dieser Stelle, hat er im Jahre 783 n. Chr. eine Schlacht geschlagen und fast verloren. So erzählt es die Sage.

Die Geschichte allerdings weiß nur zu berichten, dass Karl der Große die Sachsen im Jahr 783 bei Theotmalli, dem heutigen Detmold, geschlagen hat. Die Sage erzählt, dass Karl jene Schlacht vom Königsberg aus geleitet habe. Die Sachsen kämpften wie die Löwen. Sie waren äußerst verbittert, weil Karl ein Jahr zuvor 4500 ihrer Brüder bei Verden hatte hinrichten lassen. In höchster Not gelobte der König den Heiligen eine Kirche, wenn sie ihm den Sieg verleihen würden. Und, o Wunder! Die wankenden Reihen der Franken kamen zum Stehen, die Sachsen aber wurden blutig geschlagen und in die Waldberge zurückgedrängt. Karl aber hielt Wort und ließ den Heiligen das versprochene Kirchlein gleich am Fuße des Berges errichten. Der ›Heiligen Kirche‹ wurde es genannt. Noch heute liegt es da, umgeben von einem hübschen Dörfchen, von blumigen Wiesen und grünen Bergen.

Steige auch du dem Königsberge auf den Rücken und schaue hinunter in das liebliche Tal der Berlebecke und auf die alte Kirche. Vielleicht hörst auch du die Alten raunen, vom Leiden und Heldentum sehr ferner Zeiten.

Das hockende Weib in den Dörenther Klippen

In früheren Tagen, so erzählt die Sage, strömten die Fluten des Meeres oft tief ins Land bis an die Berge. Nicht selten waren die Überschwemmungen so gewaltig, dass ganze Dörfer von den Fluten mitgerissen wurden und sich viele Menschen nur in letzter Sekunde noch in Sicherheit bringen konnten. Doch vielen gelang es nicht.

In einer Hütte am Fuße der Dörenther Klippen wohnte eine Frau mit ihren zwei Kindern. Eines Tages bemerkte sie, dass der Boden leicht vibrierte, die Vögel aufgeregt umherflatterten und die Tiere aus dem Wald panisch die Flucht ergriffen. Ihr war klar, dass dies nur eins bedeuten konnte: Die Flut nahte. Schnell nahm sie ihre Kinder auf den Arm und trug sie auf den Berg. Entsetzt sah sie, wie das Wasser weiter stieg, und immer hastiger setzte sie ihren Weg fort. Als sie die Höhen der Dörenther Klippen erreicht hatte, blickte sie auf die furchtbare Überschwemmung, die sich allüberall ausbreitete und noch weiter anstieg.

Als ihr das Wasser bis an die Füße reichte, hockte sie sich hin und befahl den Kindern, auf ihre Schultern zu steigen, und begann zu beten. Längst umspülte sie das Meer, doch die unerschrockene Frau betete weiter und verharrte in der Stellung, in der sie sich niedergehockt hatte. Als das Wasser langsam abzog und sie sicher sein konnte, dass den Kindern kein Leid mehr geschehen konnte, wollte sie mit ihnen den Berg verlassen.

Doch als sie sich aufrichten wollte, war sie zu einem Felsblock geworden, der aus den Fluten ragte und die geretteten Kinder trug. Und noch heute stehen die Menschen ehrfürchtig vor der steingewordenen mutigen Frau, die das Leben ihrer Kinder mit dem eigenen bezahlte.

Die bizarre Felslandschaft ›Dörenther Klippen‹ mit dem sagenumwobenen ›Hockenden Weib‹ liegt südlich der Stadt Ibbenbüren im Wander- und Kletterparadies Teutoburger Wald. Und hinter dem ›Hockenden Weib‹ verbirgt sich eine Legende aus alter Zeit.

Der Schatz in Wiedenbrück

In der Stadt Wiedenbrück an der Langen Straße, ganz in der Nähe vom Langenbrückertor, steht ein kleines Haus, hinter dem sich ein großer Garten befindet. Hierin hat früher ein Schloss gestanden, das inzwischen zerstört ist. Ein alter Geizhals hat dort gewohnt, einer, der Witwen und Waisen betrog und dabei viel Geld zusammenkratzte. Damit es ihm aber nicht gestohlen wurde, vergrub er es in der Erde. Das Geld liegt immer noch dort und zur Strafe muss es der Geizige bewachen. Wenn Vollmond ist, kommt das Geld alle sieben Jahre zum Vorschein. Die Erde öffnet sich, das Geld funkelt im Mondschein und darüber sieht man eine blaue Flamme lodern. Nur – wie man diesen Schatz heben kann, konnte noch niemand herausfinden.

Auch wohnte in dem Haus, zu dem dieser Garten gehört, eine Magd. Oft verschlief sie und wurde deshalb von ihrer Herrin ausgeschimpft. Einmal aber erwachte sie, sah erschrocken, dass es schon ziemlich hell war. Da sie glaubte, wieder einmal verschlafen zu haben, zog sie sich flink an und ging in die Küche, um das Feuer anzumachen. Dabei schaute sie durch das Küchenfenster in den Garten, entdeckte dort ein Feuer, legte alle Utensilien beiseite, griff nach einer kleinen Schaufel, ging in den Garten, auf das Feuer zu, um sich glühende Kohlen für den Küchenherd zu holen. Sie schob die Schaufel in das Feuer und zog reichlich Kohlen hervor. Ging zurück, legte sie auf den Herd und beobachtete, dass die Kohlen ausgingen. Wieder ging sie in den Garten und holte sich neue Kohlen. Doch auch diese erloschen auf dem Herd. Die Magd begab sich ein drittes Mal in den Garten. Als sie vor dem Feuer stand, kam eine schreckliche Stimme daraus hervor und rief: »Kommst du noch ein Mal, dann drehe ich dir den Hals um!« Erschrocken ließ sie die Schaufel fallen und rannte zurück ins Haus. In dem Augenblick schlug die Uhr eins.

Und am Morgen lagen auf dem Herd lauter schöne blanke Dukaten.

Das kleine Haus an der Langen Straße ist sicher längst verschwunden, auch habe ich an den anderen schönen Fachwerkbauten in dieser Straße und auch nicht in den Gärten jemals einen Dukaten gefunden. Den Straßennamen Langenbrücker Torwall gibt es außer in Rheda-Wiedenbrück in keinem anderen Ort bzw. keiner anderen Stadt in Deutschland.

In dieser alten Stadt gewährte vor über 1000 Jahren Otto I., Kaiser des Heiligen Römischen Reiches, Drogo, dem Bischof von Osnabrück, für den in seinem Herrschaftsbereich liegenden Ort Wiedenbrück die Münz-, Markt- und Zollrechte. Erstmals urkundlich erwähnt wurde Rheda im Jahr 1088. Die Doppelstadt besitzt noch heute eine ungewöhnliche alte Bausubstanz, wie den Turm des Schlosses Rheda, der aus der Zeit um 1180 stammt, oder die Aegidiuskirche, ihr Querschiff wurde um 1260 erbaut. Ganz besondere touristische Anziehung üben die zahlreichen Fachwerkhäuser aus. Das älteste Gebäude stammt aus dem Jahr 1549.

Der Zehn-Uhr-Hund zu Wiedenbrück

Jeden Abend um zehn Uhr läuft in Wiedenbrück ein großer Hund durch die Straßen. Man nennt ihn den Zehn-Uhr-Hund und die Sage erzählt es so: Zur Zeit des Siebenjährigen Krieges wohnte in Wiedenbrück ein gewisser Schwanenwirth. Er war der sogenannte Werber, er kam und nahm den Bauern ihre Söhne und ließ sie mit Ketten zusammenschließen, damit sie nicht mehr fortlaufen konnten. Die Bauern waren wütend auf den Schwanenwirth und so geschah es, dass dieser von einer Bauernmeute erschlagen wurde. Nur war sein Leichnam auf einmal verschwunden. Und hinter der Landwehr sprang ein schwarzer Hund weg. Er sagte: »So geht's, wer andere Leute verrät und verkauft; bis an den jüngsten Tag soll ich mit einer Kette um den Hals durch die Straßen laufen, zur Warnung, dass sich keiner wieder an anderen Leuten vergreift.« So geht dieser Hund nun Abend für Abend, wenn es zehn Uhr ist, in den Straßen herum und guckt in den Häusern, wo der Schwanenwirth die Söhne herausholte, durch die Scheiben und macht sich so groß, dass er bis in die obersten Scheiben hineinsehen kann, und macht dazu glühende Augen. Wer ihn so sieht, dem graut es gar schrecklich.

Erst im Jahr 1970 wurde das bis dahin selbstständige Wiedenbrück im Zuge der Kommunalreform mit der Stadt Rheda und den Gemeinden Batenhorst, Lintel, Nordrheda-Ems und St. Vit zur Stadt Rheda-Wiedenbrück zusammengeschlossen. Neben der historischen Altstadt punktet Rheda-Wiedenbrück mit zahlreichen Kirchen, wie zum Beispiel der katholischen St. Aegidius-Kirche in Wiedenbrück oder auch mit der katholischen Kirche St. Marien. Wegen des angeschlossenen Klosters der Franziskaner (OFM) heißt diese Kirche bei den Einheimischen auch ›Paterskirche‹ oder ›Franziskanerkirche‹.

Von dem Abte, der in einen Raben verwandelt ward

Bei Baulanne (so heißt ein Gebüsch bei Wiedenbrück) befindet sich ein Feld und hierauf spukt ein Geist in Gestalt einer Krähe. In der Nähe des Feldes stand einmal ein Kloster, worin viele Mönche waren. (Man weiß nicht, ob es das Kloster zu Kleholz oder das zu Marienmünster war.) Die Mönche baten einen Bauern um ein Stück Feld, sie wollten es pachten. Nach und nach gab ihnen der Bauer das Land und sie bezahlten einige Jahre lang die Pacht. Der Bauer aber kam Jahre später in finanzielle Schwierigkeiten und wollte sein Land wiederhaben. Darüber war der Abt oder Prior ungehalten, er bat den Bauern, er möge ihm das Feld so lange lassen, wie sich das, was sie darauf säen wollten, darin halten werde. Hiermit war der Bauer einverstanden und dachte nicht, dass der Abt eine Hinterlist im Sinn hatte. Denn der säte anstatt Roggen Eicheln in den Boden. Als der Bauer dies sah, verklagte er den Abt. Nur erhielt er kein Recht, sondern wurde hartherzig zurückgewiesen und verarmte. Nach einiger Zeit starb der Abt und seitdem spukt es in dem Gehölz. Wenn arme Leute Holz holen wollen, entsteht ein heftiger Wind, sodass alles, was sie geholt haben, wieder fortgeweht wird. Es kann auch geschehen, dass ein Rabe über sie herfliegt, jämmerlich schreit und dann beginnt das Holz zu brennen.

Der Galgengrund

Unten, am Mühlenberge bei Pyrmont, befindet sich gegenüber der Talmühle der Galgengrund, wo in alten Zeiten der Galgen stand. Hier war einmal vor vielen Jahren ein kleines Kind ermordet worden. Ein junges Mädchen aus dem Dorf soll es getan haben und es wurde zum Tode am Galgen verurteilt. Je näher der Tag der Hinrichtung nahte, umso mehr flehte das Mädchen im Gefängnis Gott um seine Hilfe an, denn es sagte, dass es unschuldig sei.

Einen Tag vor der Hinrichtung machten Schulkinder einen Ausflug und gingen die Emmer hinauf. Ganz nahe bei der heutigen Talmühle hörten sie mit einem Mal vom Galgen her einen geisterhaft anmutenden Gesang, sie hörten ein bekanntes Sterbelied. Es ging ihnen so zu Herzen, dass sie sich vornahmen, dieses Lied dem unglücklichen Mädchen zu singen, dann, wenn es zum Galgen ging.

Der nächste Tag kam. Das Wiesental war bis zu den Spitzen des Berges von dichtem Nebel umgeben. Hier kam der traurige Zug, der sich langsam dem Richtplatz näherte. Die Kinder begleiteten ihn und sangen das tags zuvor gehörte Sterbelied. Den Galgen konnte man wegen des immer dichter werdenden Nebels kaum sehen und ebenso wenig den dicht danebenstehenden vertrockneten Baum. Das verurteilte Mädchen betete ein letztes Mal und bat Gott, er möchte den Nebel zum Zeichen seiner Unschuld im Augenblick seines Todes auflösen und den vertrockneten Baum wieder blühen lassen. Ruhig und ergeben stieg es die Leiter zum Galgen hinauf. In dem Moment, in dem es starb, verschwand plötzlich der Nebel und die Sonne sandte ihre goldenen Strahlen über Berg und Tal.

Als nun auch der vertrocknete Baum am anderen Morgen wieder neues grünes Laub trug, waren die Bewohner des Dorfes von der Unschuld des Mädchens überzeugt. Daraufhin fanden sie bald die wirkliche Mörderin, die an demselben Galgen ihr Leben einbüßte. Diese aber fand keine Ruhe in ihrem Grab, sie muss immer noch als ruheloser kopfloser Geist stets vom Galgen bis hin zur Mordstätte wandern.

1772 wurde die vorletzte Hinrichtung vollzogen. Sie traf drei Diebe, die in Polle und Heinsen eingebrochen waren. Zwei von ihnen wurden am neu erbauten dreieckigen Galgen gehängt und mit Ketten daran befestigt. Der Dritte bekam eine ›Vergünstigung‹, er konnte durch Enthauptung sterben. Überliefert ist auch, dass hier eine Kindsmörderin hingerichtet wurde.

Alle Männer und die jungen Leute des Amtes mussten bei den Aburteilungen mit Knüppeln und Heugabeln antreten. Wer zu spät kam, zahlte zehn Groschen Strafe. Barfuß gingen ganz vorne Schulkinder, die dabei geistliche Lieder sangen.

Die große Grete

In alten Zeiten stand auf dem Schloss zu Tecklenburg eine große Kanone. Man nannte sie ›die grote Greite‹ und sie war berühmt wegen ihres weiten und scharfen Schusses. Sie trug die Inschrift: »Grote Greite heit ick | Saven Mielen scheit ick | Den ick dräp, der greut ick.«

Die Sage berichtet, dass der Bischof von Münster mit dem Grafen von Tecklenburg, seinem unruhigen Nachbarn, eine heftige Fehde austrug. Schon hatte der General des Bischofs sein Lager auf der St.-Moritz-Heide vor Münster aufgeschlagen. Als er an einem schönen Tag vor seinem Zelt aß, richtete der Constabler auf der Schanze zu Tecklenburg die große Grete auf die mit leckeren Speisen bestückte Tafel und schoss ihm, als Probe seiner Kunstfertigkeit, den Braten vom Tisch. Der General war darüber so erschrocken, dass er sich mit seinem Bischof besprach, dieser möge doch um Himmels willen mit dem Grafen Frieden schließen. So hatte denn die »große Grete«, ohne Blut zu vergießen, gesiegt.

Die Kanone bestand aus Silber und war stark mit Kupfer versetzt. Der König von Preußen, damals Markgraf von Brandenburg, hatte Geld sehr nötig und ließ daher, als er in den Besitz der Grafschaft gelangte, Münzen mit seinem Brustbild daraus schlagen, die deshalb alle recht rote Gesichter haben.

Merkwürdig ist in älterer Zeit der Name ›Grete‹ für große Kanone. So wird eine große Grete (griete Grete) mit dem nämlichen Taufspruch in Rietberg erwähnt, eine ›faule Grete‹ gab es in der Mark Brandenburg und im Dresdener Zeughaus die ›alte Grete‹, früher in Wesel, jetzt in Berlin aufgestellt. Bei der Belagerung von Londonderry durch die Jacobiten (1689) gebrauchte man in der Stadt die ›brüllende Grete‹ oder Roaring Meg (Meg ist Abkürzung für Margarethe) und auf den Wällen des Edinburger Schlosses steht noch heute die ›Wall-Grete‹.

Tecklenburg (ostwestfälisch Tiäkenbuorch) ist eine kleine Stadt in Nordrhein-Westfalen und liegt südwestlich von Osnabrück am Teutoburger Wald. Sehenswert ist der frühneuzeitliche Stadtkern mit den vielen Fachwerkhäusern. Aufgrund der überdurchschnittlich gut erhaltenen mittelalterlichen Bausubstanz, die mit dem Stadtbild von Rothenburg ob der Tauber vergleichbar ist, wird die Stadt auch als ›westfälisches Rothenburg‹ bezeichnet. Der Name lässt sich auf die in Tecklenburg befindliche Burg Tecklenburg und ihre Burgherren aus dem Grafenhaus Tecklenburg zurückführen.

Der Gräsing zu Lengerich

In der Stadt Lengerich in Westfalen ist bis zum Ende des vorigen Jahrhunderts ein ganz besonderes Bier gebraut worden. Es hieß ›Gräsing‹ und war wohl aus Gräsern oder Kräutern zusammengesetzt. Auf ihr Bier aber waren die Bürger stolz und kredenzten es sogar dem päpstlichen Legaten bei den Friedensverhandlungen zu Münster und Osnabrück, Herrn Fabio Chigi, der später als Papst Alexander VII. bekannt wurde. Auch er trank von dem ›Gräsing‹ einen guten Schluck, dann aber sagte er in lateinischer Sprache, da er die deutsche nicht konnte: »Adde parum sulphuris et erit potus infernalis« (Setze noch etwas Schwefel zu und dann wird es ein Trank für die Hölle sein). Von demselben Getränk sind noch einige andere lateinische Verse im Umlauf:

Nescio quod Stygiae monstrum conforme paludi
Crüsingam plerumque vocant, nil spissius illa
Dum bibitur, nil clarius est dum mingitur.
Constat, quod multas faeces in ventre relinquat.

Die alten Sprüche vom Herzogthum Westphalen

Westphalen hat stets für ein unfruchtbares Land bei unseren Vorfahren gegolten, weil kein Wein daselbst wächst und auch das Bier an vielen Orten schlecht ist, wie die bekannten Verse davon lauten:

Hospitium vile, groff Brod, dünn Bier, lange Miele
Sunt in Westphalia, si non vis credere, loop da.

Oder:

Schlecht Logiment und lange Meil, Schwarz Brod, schlimm Bier, grob Schweizer Keul
Gibt's allenthalben in Westphalen,
Wer es nicht gläubt, mag's selbst erfahren.

Von den Einwohnern gibt es diesen Vers, der wohl nicht mehr passt: Westphalus est sine pi, sine pu, sine con, sine veri.

(Das heißt: sine pietate [ohne Frömmigkeit], pudore [Scham], conscientia [Gewissen], veritate [Wahrheit].)

Spukgeschichten aus Wildeshausen

In dieser Gegend glaubt man an die selbst lächerlichsten Spukgeschichten. So wird zum Beispiel behauptet, dass in Wildeshausen nahe am Zaun eines Gartens ein nacktes Füllen grast. Wenige Schritte von ihm entfernt soll auf einem Zaun ein altes Weib sitzen, welches ein Butterfass in den Händen hält und buttert.

Am Dorfrand steht ein Gehölz und dahin fährt jeden Abend eine Kutsche mit sechs Schimmeln. Und an einem Platz, der das Schichtsfeld genannt wird, steht der Teufel mit einer Wanne, worin man Korn von der Spreu zu reinigen pflegt. Aber das tut er gar nicht – sondern er schüttelt sein Geld hin und her. Und gar nicht weit von diesem Platz entfernt sieht man in der Nacht ein

Feuer brennen. Dort soll auf einem Acker, ebenso zu nächtlicher Stunde, regelmäßig eine Person pflügen.

Es wird noch mehr erzählt. Im Dorf Döhlen wälzt sich zur Abendzeit vor einem bestimmten Bauernhof ein eiserner Topf quer über den Weg. Von diesem Dorf wandelt auch jeden Abend ein Gespenst hierher. Über seine Gestalt kann man wenig sagen, nur, dass es von ferne einem Schafe ähnelt und dass dieses Gespenst einen klappernden Holzschuh trägt. Es kommt ins Dorf, ruht sich hinter einer Scheune aus, geht dann weiter, sogar an unserem Hof vorbei, schaut auf den Kirchhof und geht dann auf den Hof eines Bauern, kommt wieder zurück und geht endlich nach Alhorn. Das ist eine Stunde weit entfernt von hier. Dieses Gespenst wird das Schut genannt.

Es gibt noch weitere unheimliche Geschichten von dieser Gegend. In einem Dorf nahe an der Hunte starb in einem Bauernhaus vor Jahren eine alte Frau. Bei ihrem Begräbnis sah man seltsamerweise ihre Gestalt, die eine Forke im Nacken trug und damit hinter dem Leichenwagen herging. Als die Trauergäste zurückkamen, saß die Alte hinter dem Herd und spann vor sich hin. Da ließ man sie durch einen Pater in eine Vertiefung bannen, gar nicht weit weg von dem Dorfe, in dem sie sich immer noch zeigen soll.

In einem Bauernhaus auf der anderen Seite der Hunte bindet man jeden Abend Flachs in einen Spinnrocken und findet es jeden Morgen gesponnen. Zwei Stunden von hier, so eine halbe Stunde vor Wildeshausen, liegt ein einzelner Bauernhof, Spasche genannt, hier soll in alten Zeiten ein Schloss gestanden haben. An dieser Stelle soll bei Nachtzeit ein Wagen mit sechs Hirschen fahren. Nicht weit davon entfernt aber wälzen sich zwei ungeheuer große Tiere über den Weg, nur ihre Gestalt kann man nicht genau beschreiben.

Auf einem Kamp in Sage pflügt in den Nächten jemand mit einem glühenden Pflug. Auf dem Wege von hier nach dem Dorf Döhlen wird den Leuten zur Nachtzeit der Hut von einer unsichtbaren Hand abgeschlagen. Ich weiß auch, dass in Alhorn ein Gespenst in Gestalt eines wilden Hundes umgeht.

In Wildeshausen wird noch Platt gepflegt (es heißt auf Plattdeutsch Wilshusen). Mit dem ›Lütjen Gang dör Wilshusen‹ können Sie ein wenig die Stadt kennenlernen – sie ist zum Beispiel eine Kreisstadt des niedersächsischen Landkreises Oldenburg und liegt im Naturpark Wildeshauser Geest an der Hunte. Die Umgebung von Wildeshausen wird auch ›Quadratmeile der Vorgeschichte‹ genannt. Die

Kleinenkneter Steine, die Visbeker Braut, das Pestruper Gräberfeld und andere in der Wildeshauser Geest gelegene Grabanlagen aus der Zeit vor Christi Geburt weisen auf eine frühe Besiedlung der Region hin.

Der Geisterschimmel

Früher mussten die Leute aus Bentdorf ihr Korn auf dem Kopfe zur Mühle tragen. Ihr Weg führte an einem Busch vorbei. An ihm rasteten sie und deshalb wurde er der Restebusch genannt. Hier ließen sie ihren Sack mit Korn auf das hohe Ufer sinken.

In der Nähe lag eine große Heide. Darauf zeigte sich zuweilen ein Schimmel, der Menschen gefährlich werden konnte. Wer ihn sah, der musste rufen: »Bernäken van Golen, diu dois müi doch nicks!« Dann ging der Spuk vorüber.

Einmal kam ein Mann über die Heide, sah den Schimmel und meinte, er sei des Müllers Pferd, und wollte ihm seinen Sack auf den Rücken werfen. Aber der fiel mitten durch den Körper des Tieres durch und knallte auf die Erde. Als der Mann erstaunt nachsah, war der Schimmel ganz plötzlich verschwunden.

Der Eichbaum bei Lienen

Niemand darf etwas von jener alten Eiche nehmen, so wurde es erzählt, die zwischen Lengerich und Lienen steht. Sonst würde es ihm schlecht ergehen, denn dieser Baum ist verflucht. Eine ganz in der Nähe wohnende Bäuerin ging einmal aufs Feld und sagte der Magd, sie solle, während sie fort sei, schon einmal das Feuer auf dem Herd anmachen. »Aber hüte dich, auch nur ein winziges Spänchen von dem Baum zu nehmen.« Als sie fort war, überlegte die Magd, so schlimm und gefährlich würde es sicher nicht sein. Sie holte sich ein paar Zweige und warf sie aufs Feuer, damit es so richtig fein brannte. Kaum aber waren diese darin, erschien ein großer kohlschwarzer Hund mit tellergroßen glühenden Augen und legte sich in die Asche. Er war nicht von diesem Platz wegzubringen. Die Bäuerin kam wieder zurück, nahm schnell Asche und Kohlen und trug alles unter den Baum. Und danach war der Hund auf einmal verschwunden.

Lengerich – auf gut Westfälisch heißt die Stadt Liängeryk – ist eine Mittelstadt in der Region Tecklenburger Land und hat eine sehr lange Siedlungsgeschichte. In der Bauerschaft Wechte wurde zum Beispiel eine 4000 Jahre alte Megalithanlage entdeckt und restauriert. Megalith ist ein großer, oft unbehauener Steinblock, der als Baustein für Grab- und Kultanlagen benutzt oder als Monolith aufgerichtet und in Steinsetzungen positioniert wurde.

Das westfälische Pumpernickel

Das schwarze, in Westfalen übliche Brot, Pumpernickel genannt, soll seinen Namen daher haben, dass einst ein reisender Franzose, dem es nicht schmecken wollte, dieses genommen und seinem Pferd mit den Worten gab: »Bon pour Nickel«, also gut für Nickel, das ist gut für mein Pferd. Nach einer anderen Sage würde man unter Nickel nicht ein Pferd, sondern ein gemeines Frauenzimmer, zum Beispiel eine Pfarrköchin, verstehen. Andere wiederum sagen, es habe seinen Namen von dem Bäcker Nickel Pumper, der es im 16. Jahrhundert zu Osnabrück zuerst gebacken hat.

Ja, das leckere dunkle Pumpernickel – es hat viele Bedeutungen und es gibt genügend Legenden und Mythen dazu.

Mitte des 15. Jahrhunderts soll es zuerst in Soest gebacken worden sein. Seit gut 500 Jahren befindet sich in dieser Stadt die Bäckerei Haverland und produziert auf alte Art und Weise das Roggen-Schrotbrot.

Die Namensdeutung ›Pumpernickel‹ ist zumeist recht skurril.

Der Wortstamm Pumpern bedeutet schlichtweg pupsen. Wer dieses Brot isst, weiß warum.

Im Mittelalter hieß es auch Furzender Nikolaus. Das ist eine Bezeichnung für einen ungehobelten Kerl oder Flegel (eben für denjenigen, der nach Genuss des Brotes pupst).

Die weitere Bedeutung: Der Pumper ist ein Faulpelz. Pumper wird im Sauerland gesagt, hier wurde ein fauler Typ ›Pumper‹ genannt. Auch hier muss man wieder den Zusammenhang mit der blähenden Wirkung des Brotes sehen. Ein ähnlich so gewordenes Wort ist der ›Pimpf‹ und bedeutet Fürzchen.

Nickel wird auch mit einem Eigenbrötler oder einem komischen Kauz gleichgesetzt. Alternativ wird mit ›Nickel‹ auch eine etwas frechere Person bezeichnet. Und das Nickeligsein hört man auch im Sauerland. Letzteres kenne ich als ›kniepig‹, also geizig.

Seit dem 17. Jahrhundert ist Pumpernickel eine eher herabsetzende Bezeichnung für das sogenannte Kommissbrot oder Vollkornbrot geworden. Erst später hat sich der Begriff Pumpernickel auf das westfälische Schwarz- oder Roggenbrot begrenzt.

Im Mittelalter, kurz vor dem Dreißigjährigen Krieg, wurde der Ausdruck Pumpernickel/Pompernickel Hexen oder gar dem Teufel zugeordnet. Erst nachdem der Begriff Pumpernickel im Simplicissimus von Grimmelshausen als ›grässliches Pumpernickel‹ im Zusammenhang mit dem westfälischen Roggenbrot genannt wurde, hat sich die Nennung auf das Brot beschränkt und Hexen und Teufel wurden wieder außen vor gelassen.

Und dann kam der Niederländer Justus Lipsius, der sagte zum Pumpernickel: »Welch armes Volk, das seine Erde essen muss.« So viel erneuter Spott über dieses Brot, welches wenig Anklang in früheren Zeiten außerhalb Westfalens gefunden hat.

Es wird auch erzählt, dass im 15. Jahrhundert in Osnabrück ein Brot mit dem lateinischen Namen Bonum paniculum auf Kosten der Stadt gebacken wurde. Aber – die Bevölkerung mochte es nicht. Noch heute findet man in Osnabrück einen Turm mit Namen ›Pernickelturm‹. Die Legende sagt, dass in diesem Turm der Ofen stand, in dem das Brot gebacken wurde.

In Soest erzählt eine Legende, dass das Wort aufgrund des Soester Nickels, einer kleinen Münze, entstanden sei. Der Teil ›Pumper‹ lässt sich mit ›pumpen‹ im Sinne von leihen übersetzen, also ist Pumpernickel die Bitte um eine Leihgabe.

Und der Volksmund im heutigen Soest sagt, dass der Name auf jenen Bäcker zurückzuführen sei, der dieses Brot zum ersten Mal buk.

Westfälisches Ruhrgebiet

Der Kindelsberg

Hinter dem Geißenberg in Westfalen ragt ein hoher Berg mit drei Köpfen hervor. Der mittlere wird der mittlere Kindelsberg genannt. Hier stand vor alten Zeiten ein Schloss, das den gleichen Namen führte. In diesem Schloss wohnten recht gottlose Ritter. Zur Rechten hatten sie ein sehr schönes Silberbergwerk, davon wurden sie überaus reich und der Reichtum machte sie so übermütig, dass sie sich silberne Kegel herstellten. Und wenn sie spielten, so warfen sie diese Kegel mit den silbernen Kugeln einander zu. Der Übermut ging noch weiter, sie buken große Kuchen aus Semmelmehl, groß wie Kutschräder, machten in der Mitte Löcher darein und steckten sie an die Wagenachsen. Das war eine himmelschreiende Sünde, denn es gab genügend, die kein Brot hatten. Da wurde auch Gott endlich dieser Sünde müde.

Eines späten Abends kam ein weißes Männchen ins Schloss und sagte, dass sie alle innerhalb von drei Tagen sterben müssten. Damit sie es glaubten, verkündete er, dass noch in dieser Nacht eine Kuh zwei Lämmer werfen würde. Das traf auch ein, aber niemand außer dem jüngsten Sohn, dem Ritter Siegmund, und einer Tochter, die eine schöne Jungfrau war, scherte sich darum. Beide beteten Tag und Nacht. Aber – all die, die mit Silber um sich geworfen, all jene, die gutes Brot an die Achsen gesteckt hatten, die starben an der Pest. Nur diese beiden blieben am Leben.

Nun befand sich auf dem Geißenberg ein junger kühner Ritter, der ritt ständig ein großes schwarzes Pferd. Deshalb nannte man ihn den Ritter mit dem schwarzen Pferd. Er war ein gottloser Mensch, der immer raubte und mordete. Dieser Ritter verliebte sich in die schöne Jungfrau auf dem Kindelsberg und wollte sie zur Ehe haben. Sie schlug sein Begehr stets ab, weil sie mit einem jungen Grafen von der Mark verlobt war, der mit ihrem Bruder in den Krieg gezogen war und dem sie treu bleiben wollte. Als aber der junge Graf nicht aus dem Krieg zurückkam und der Ritter mit dem schwarzen Pferd weiterhin um sie warb, sagte sie endlich: »Wenn die grüne Linde hier vor meinem Fenster dürr wird, dann will ich dir gewogen sein.«

Der Ritter mit dem schwarzen Pferd suchte so lange im Lande, bis er eine dürre Linde fand, die so groß war wie jene grüne. In einer Nacht bei Mondschein grub er diese aus und setzte die dürre dafür ein. Als am nächsten Morgen die schöne Jungfrau erwachte, war's so hell vor ihrem Fenster. Sie staunte, lief hin und sah mit Schrecken, dass mit einem Mal eine dürre Linde dort stand. Weinend setzte sie sich unter den Baum. Der Ritter kam und verlangte ihr Herz. Da sagte sie in ihrer Not: »Ich kann dich nimmer lieben.« Da wurde der Ritter mit dem schwarzen Pferd sehr zornig und erstach die schöne Jungfrau. Der Bräutigam, auf den sie immer gewartet hatte, kam noch am selben Tag zurück. Er begrub sie würdig, setzte eine Linde auf ihr Grab und einen großen Stein, der heute noch zu sehen ist.

Der Kindelsberg bei Kreuztal im nordrhein-westfälischen Kreis Siegen-Wittgenstein ist ein circa 618 Meter hoher Berg des Rothaargebirges.

Auf seiner Gipfelregion mit der Ringwallanlage stehen der Aussichtsturm Kindelsbergturm und der Sendeturm Kindelsberg. Seit dem 19. Jahrhundert ist der Berg Wander- und Ausflugsziel.

Er ist Nährboden für allerlei Sagen. Dies ist besonders auf die uralte Ringwallanlage zurückzuführen, auch wenn man ihre einstige Bedeutung mehr erahnte als kannte.

Der hartherzige Bäcker von Dortmund oder Brot zu Stein

Zu Dortmund lebte einst ein reicher Bäcker, der zwar niemals einen Gottesdienst versäumte und der in der Kirche stets der Andächtigste war, dessen Herz dennoch hart wie Stein war. Er brachte durch Wucher und Kornaufkäufe großen Reichtum zusammen, den er in vielen großen Feldsäcken in seinem Keller verbarg. Armen gab er nie etwas ab, höchstens mal ein Stückchen halbverschimmeltes Brot. Selbst seine einzige Schwester, die Witwe eines armen, braven Leinewebers, ließ er mitsamt ihren Kindern hungern und darben und wies sie mit groben Worten, als sie ihn nach dem Tode ihres Mannes um eine Unterstützung bat, von seiner Türe weg.

Da kam die Pest über ganz Westfalen und nach ihr eine große Teuerung, sodass die Armen das Korn nicht mehr bezahlen konnten und das ganze Land voller Bettler war. Nur bei dem Bäcker gab es keine Not. Er buk sein Brot immer kleiner und ließ es sich immer teurer bezahlen und seine Scheunen und Böden waren mit Getreide bis zum Hahnebalken* gefüllt. Aber er verkaufte es nicht, sondern hoffte, dass bis zum Winter die Kornpreise um das Doppelte steigen würden.

Einst ruhte er sich um die Mittagszeit auf seinem Bett aus, als leise an die Tür geklopft wurde. Er rief herein und vor ihm stand ein elendes mageres Weib, in Lumpen gehüllt, und bat ihn um eine Gabe. Es war seine Schwester, die er aber nicht erkannte. Sie hatte sich in den letzten zehn Jahren sehr verändert. Da er nun glaubte, es sei eine gewöhnliche Bettlerin, hetzte er zornig über die Störung seiner Mittagsruhe seinen großen Hund auf sie, der unter dem Bett lag. Das Weib aber rief ihn mit flehender Stimme bei seinem Taufnamen und bat ihn, er möge sie, die doch durch die Pest ihre Kinder verloren habe, nicht von sich stoßen, sondern ihr einen Platz in seinem Hause gönnen und sie vor dem Hungertode bewahren. Da erwiderte der böse Bruder mürrisch: »Gut denn, ein Plätzchen in meinem Hause kannst du wohl haben, ich weiß aber nicht, ob es nach deinem Geschmack sein wird. Gut, auch zu essen sollst du haben!« Mit diesen Versprechungen führte er sie auf den Hof und zeigte auf eine große leer stehende Hundehütte, zog ein Stück Weizenbrot aus der Hosentasche und reichte es ihr. Die so sehr Hungernde griff gierig danach und biss hinein, aber das Brot war so hart, es gehörten eher die Zähne seines großen Hundes dazu, um es zu zerbeißen. Nach wenigen Augenblicken sah sie sich genötigt, es wegzuwerfen, sie stürzte vor Schwäche zu Boden, aber ihr Bruder ließ sie liegen. Ganz sicher wäre sie sofort gestorben, hätte sich nicht eine alte Magd ihrer angenommen und sie durch Einflößen einiger Tropfen kräftigen Bieres wieder zu sich gebracht. Diese steckte ihr auch einige Bissen genießbaren Brotes zu und die arme Frau bekam wieder so viele Kräfte, dass sie zu ihrer Hütte zurückschleichen konnte. Hier sank sie auf das stinkende Strohlager und betete, Gott möge sie doch von ihren Leiden erlösen. Und Gott erhörte sie, denn sie schloss ihre Augen, um sie nie wieder zu öffnen.

Am anderen Tage brach in der Stadt Dortmund ein gefährlicher Aufruhr aus, der vor allen Dingen die Reichen und Begüterten bedrohte. Denn das Volk litt zu große Not und begann deshalb die Häuser derer zu stürmen und zu plündern, die noch immer im Überflusse schwelgten. Auch auf des reichen Bäckers Haus stürmte der Pöbel los. Die Aufgebrachten drohten, es zu plündern und ihn selbst totzuschlagen. Der Bäcker hatte bei dem ersten Geschrei der Aufrührer sofort Türen und Fenster verrammelt, er selbst flüchtete sich in den festen Keller seines Hauses, wo seine Schätze lagen und der ihm einige Sicherheit gewähren konnte, da er nicht gleich zu finden war. Einen Sack, vollgestopft mit kleinen Broten, und einen großen Krug mit Wasser nahm er in aller Eile mit. Er hoffte so, mehrere Tage ausharren zu können, bis die Ruhe wiederhergestellt war. Kaum aber hatte er die eiserne, mit schweren Riegeln versehene Türe hinter sich geschlossen, hörte er, wie das Volk die Türe seines Hauses sprengte, hineinströmte, sich darin verteilte und alles zusammenschlug. Der Bäcker saß auf seinen Geldsäcken und wartete von Stunde zu Stunde, bis es wieder ruhig werden würde. Angst und Sorge um sein Hab und Gut ließen ihn den Hunger vergessen. Als aber der Morgen anbrach, verlangte die Natur ihr Recht. Hungrig griff er in den Sack, in dem die Brote waren, zog eins heraus und wollte hineinbeißen. Aber es war zu Stein geworden und große Blutstropfen hingen wie Schweißperlen daran. Schaudernd warf er es von sich und griff nach einem zweiten Brot, aber auch dieses war ebenso verändert wie das erste. Er versuchte es mit einem dritten und vierten, immer dasselbe, alle waren zu Stein geworden. Da ließ er den Sack fallen und nahm den Wasserkrug zur Hand, er wollte wenigstens seinen Durst löschen. Entsetzt blickte er hinein: das Wasser war zu Blut geworden. Da fielen ihm all seine Sünden ein, die er sein Lebtag gegen andere Menschen begangen hatte, er fiel auf die Knie, betete und versprach, dass er bereuen würde und von nun an ein besserer Mensch sei, er wolle auch ein Wohltäter der Armen werden.

Als er nach den Gebeten wieder in den Sack griff und abermals dieselben schrecklichen Wunderzeichen fand, ergriff ihn tiefe Verzweiflung, er wollte seinem Leben ein Ende machen und seinen Kopf an den harten Steinwänden des Kellers zerschmettern, allein auch diese Wohltat ward ihm nicht zuteil. Nach dem ersten Versuch stürzte er betäubt zu Boden. Viele Stunden lag er so, bis er erwachte, und es begannen ihn erneut Hunger und Durst grimmig zu plagen. Aber er wagte es nicht, den Keller zu verlassen, denn in seinem Haus hörte er wieder das Geschrei der wütenden Leute, die jetzt sein Leben wollten. Inmitten seiner Geldsäcke gab er am Abend des anderen Tages elendiglich seinen Geist unter großen Qualen auf.

Als nach einigen Tagen die Ruhe wiederhergestellt war und ihm seine alte Magd diese gute Nachricht bringen und ihn aus seinem Versteck im Keller herausholen wollte, aber keine Antwort erhielt, da ließ man die Kellertüre mit Gewalt aufbrechen und fand den Geizhals mit entstellten Zügen auf seinen Geldsäcken liegen. Das Brot aber war hart wie Stein und voller Blutstropfen und der Wasserkrug war mit Blut gefüllt. Sein Reichtum aber fiel, da er keine Erben hatte, an die Stadtkasse.

* Der Hahnebalken war der oberste Holzbalken im Dachgeschoss.

Eine Krise für Dortmund war das 14. Jahrhundert, denn im Jahr 1350 näherte sich die Pest der Stadt. Ihr fielen in Europa rund 40 Prozent der Bevölkerung zum Opfer.

Auch wenn es für Dortmund keine genauen Angaben dazu gibt, so kann man sich vorstellen, dass das Massensterben zu einer tiefen Krise innerhalb der Gesellschaft führte. Und Schuldige waren rasch gefunden.

Der Glockenguss zu Attendorn

In Attendorn, einem Städtchen in Westfalen, wohnte eine Witwe, die schickte ihren Sohn nach Holland. Er sollte dort sein Handwerk erlernen. Er lernte so gut, dass er jedes Jahr der Mutter einiges von dem, was er erworben hatte, schicken konnte. Einmal sandte er ihr eine Platte aus purem Gold. Sie war aber schwarz angestrichen und lag neben anderen Waren, die er mitgeschickt hatte. Er hatte seine Mutter vom Wert des Geschenkes nicht unterrichtet. Ahnungslos stellte sie die Platte unter eine Bank in ihrem Laden und dort blieb sie liegen.

Ein Glockengießer kam ins Land. Bei ihm wollten die Attendorner eine Glocke gießen lassen und das notwendige Metall dazu von den Bürgern erbetteln. Diejenigen, die Erz sammelten, erhielten allerhand Zerbrochenes und als sie zur Witwe kamen, gab sie ihnen die Platte, das Gold, weil sie es nicht besser wusste und kein zerbrochenes Geschirr hatte.

Der Glockengießer reiste weiter nach Arensberg, um auch dort einige Glocken zu fertigen. In Attendorn ließ er einen Gesellen und gab ihm den Auftrag, schon einmal die Form zu fertigen und alle weiteren Arbeiten zu tun, damit der Guss bei seiner Rückkehr fertiggestellt werden konnte. Der Meister kam aber nicht. Der Geselle wollte schon mal probieren, fuhr mit dem Guss fort und fertigte den Attendornern eine von Form und Klang so angenehme Glocke, dass sie ihm bei seinem Abschied so lange nachläuten wollten, wie er sie hören konnte. Er selbst wollte seinem Meister die Zeitung bringen, in der von seiner schönen Glocke geschrieben stand.

Dem Gesellen kamen etliche Bürger hinterher, sie trugen Kannen und tranken mit ihm. Als er in solcher Ehre und Fröhlichkeit bis auf die Brücke zwischen Attendorn und dem fürstenbergischen Schloss Schnellenberg gelangt war, begegnete ihm der Meister, der ihm mit den Worten »Was hast du getan, du Bestie!« eine Kugel durch den Kopf jagte. Zu den Geleitleuten sagte er: »Der Kerl hat die Glocke wie ein Dummkopf gegossen«, er böte ihnen an, sie umzugießen und der Stadt ein anderes Werk herzustellen. Er wiederholte sein Angebot und tat, als habe er den Handel schon ausgerichtet. Aber man ergriff ihn wegen des Mordes an seinem Gesellen und fragte ihn, warum er dies getan habe, sie selbst seien doch mit der Arbeit des Gesellen vollkommen zufrieden gewesen. Endlich bekannte er, dass er, als er den Klang gehört hatte, wusste, dass eine Menge Gold in der Glocke wäre. Das wollte er haben. Deshalb habe er die Ankunft seines Gesellen abgewartet und ihn dann getötet.

Danach wurde dem Glockenmeister der Kopf abgeschlagen, dem Gesellen aber auf der Brücke, wo er zu Tode gekommen war, ein eisernes Kreuz zum ewigen Gedächtnis errichtet.

Nur kam niemand darauf, woher das Gold gekommen war, bis der Sohn der Witwe mit großem Reichtum beladen nach Haus kehrte und vergebens darüber trauerte, dass sein Gold zwei Menschen um das Leben gebracht, den einen unschuldig und den anderen schuldig. Aber er verlangte dieses Gold nicht zurück, er fand, dass ihn Gott auch so reichlich gesegnet hatte.

Später schlug der Blitz in den Kirchturm und verbrannte alles. Auch die Glocke war geschmolzen. In der Asche fand man Erz, dessen Gehalt dem Gold gleich gewesen war. Derselbe Turm wurde wiederhergestellt und mit Blei gedeckt.

Attendorn ist eine Hansestadt in Nordrhein-Westfalen und liegt im Kreis Olpe im südlichen Sauerland. Bekannt ist sie besonders durch die Tropfsteinhöhle Atta-Höhle und den Biggesee.

Wie die erste Kohlengrube entstand

Ein Junge hütete die Schweine seines Vaters in der Gegend zwischen Hattingen und Langenberg und wollte sich ein Feuer machen. Er suchte nach einer passenden Stelle. Dabei sah er, dass ein Mutterschwein, ›Mutte‹ genannt, am Fuße eines Baumes ein Loch gewühlt hatte. Diesen Platz nahm er als Feuerstelle. Der Junge trieb die Sau fort und zündete das zusammengetragene Holz an. Nur selten brauchte er neues Holz aufzulegen und am Abend war das Feuer noch nicht erloschen.

Am anderen Tag kam er wieder zu derselben Stelle. Da sah er zu seiner Verwunderung eine große Glut, obwohl kein glühendes Holz da war. Nur schwarze Erde, die brannte. Aufgeregt erzählte er zu Hause von seiner Entdeckung. Der Vater des Jungen untersuchte die schwarze Erde und brannte von nun an Steinkohlen. Das Bergwerk aber erhielt den Namen ›Ob der Mutte‹.

Im Muttental bei Witten soll der Ruhrbergbau angefangen haben. Schon im 16. Jahrhundert wurde hier die erste Kohle im Tagebau abgebaut. Der Bergbaurundweg Muttental führt an der Ruhr und einem ihrer Seitentäler entlang und gleichzeitig durch 450 Jahre Bergbaugeschichte. Neun Kilometer – auf denen Sie Spannendes über die Frühzeit des Kohleabbaus erfahren.

Der Muttenbach durchfließt das Tal – hiernach wurde das Muttental benannt. Am Weg, vorbei an Wiesen und Wasser, finden Sie gut dokumentierte historische Wegweiser und Tafeln.

Herr Gryn und der Löwe

In Köln saß auf dem geistlichen Herrscherstuhle Erzbischof Engelbert, der hatte viel Streit mit der Bürgerschaft, der in einem blutigen Kampf ausartete. Dieser Bischof besaß einen Löwen, den ihm zwei Domherren aufgezogen hatten. Gegen den Bischof stand im steten Streite der Bürgermeister der Stadt, Herr Hermann Gryn. Dieser hielt zur Gemeinde und verteidigte deren Rechte, doch war er mit den Domherren persönlich nicht verfeindet. So luden die zwei, welche des Erzbischofs enge Freunde waren, eines Tages – es soll sich im Jahre 1266 zugetragen haben – den Bürgermeister zu einem Gastmahl bei sich ein. Sie brachten das Gespräch auf den Löwen, sie hatten ihn heimlich fasten und sehr hungrig werden lassen. Sie boten sich an, ihm noch vor dem Essen den Löwen zu zeigen. Sie führten Hermann Gryn an die Pforte des Löwenzwingers, öffneten diese und stießen ihn unversehens hinein. Sie schlugen die Türe zu und glaubten, der Löwe werde ihn alsbald zerreißen. Als das Tier den Mann sah, riss es den Rachen mit den scharfen Zähnen weit auf, schlug einen Schweifring und legte sich nach Katzenart zum Sprunge; Herr Hermann Gryn aber, als er sah, was ihm drohte, schlang rasch seinen Mantel um den linken Arm, zog sein Schwert und wartete nicht, bis der Löwe sprang, sondern stürzte sich auf ihn mit gezückter Waffe. Er fuhr ihm mit dem linken Arm in den Rachen und durchstieß diesen mit dem Schwerte. Danach fand er einen Ausgang aus dem Käfig und ging, ohne gegessen zu haben, zu seinem Hause. Dieses Mittagessen bekam aber den beiden Domherren gar übel, denn der Bürgermeister sandte ihnen seine Häscher unverzüglich, ließ sie greifen und aufhängen an einen Balken gleich am Tore des Chorherrenhauses neben dem Dom. Seitdem wurde es das Pfaffentor genannt. Und zum Andenken an einen solchen Mut wurde das Bild Gryns mit noch drei anderen Löwenbändigern in Stein ausgeführt und zur Zierde über dem Pfeilerbogengang am Rathaus angebracht. Hier sieht man die Mär von Herzog Heinrich dem Löwen, Simsons Löwenkampf und Daniel in der Löwengrube dem Kölner Löwensieger beigesellt.

Die Geschichte soll sich im Jahr 1262 zugetragen haben. Es gab ihn wirklich, den Hermann Gryn (Grin), der zum Kölner Patriziat gehörte, und verschiedene Hermann Gryn des weitverzweigten Geschlechts der Gryn tauchten immer wieder in der Kölner Stadtgeschichte auf. 1218 war der erste Hermann Schöffe. Als Amtmann existierte ein Herimannus Gryn, Sohn des Ricolfus Gryn. Dieser war zur

Zeit des Schöffen Johannes Overstolz als Amtmann tätig (1230). Hermann Gryn bezeugte 1251 einen Bündnisvertrag mit dem Herzog von Brabant. Bürgermeister war Hermann Gryn – in dieser Schreibweise – ersichtlich jedoch nicht, wohl aber – um 1300 Marsilius Gryn. Allerdings zitiert der Historiker Friedrich Everhard von Mering 1838 aus einem Verzeichnis der Kölner Bürgermeister von 1216 bis 1396, wonach im Jahre 1258 Ludowicus de Müllengaßen (Ludwig von der Mühlengasse) und 1262 Hermannus Greyn als Bürgermeister verzeichnet gewesen waren. Sollte es sich hierbei um einen Schreiboder Übertragungsfehler handeln, wäre Hermann Gryn tatsächlich zu jener Zeit Bürgermeister bis 1267 gewesen, als ihm Ludowicus Weis nachfolgte.

Die Sage kann auch damit zusammenhängen, dass Hermann von Vitinghoven, ein Vertrauter des Erzbischofs Engelbert II., am 8. Juni 1262 die Gemeinde vor dem Rathaus versammelte und sagte, dass der Erzbischof ab sofort einen der Bürgermeister und einen Schöffen selbst einsetzen wolle. Außerdem verlange der Erzbischof die Abgabe von Lebensmitteln und eine Vermögensteuer. Die aufgebrachten Bürger griffen zu den Waffen und kämpften gegen die Leute des Erzbischofs.

Die Pferde aus dem Bodenloch

Richmuth von Adocht, die Frau eines reichen Kölner Bürgermeisters, starb. Während des Begräbnisses hatte der Totengräber einen außergewöhnlich schönen Ring an ihrem Finger gesehen. Der Gedanke daran ließ ihn nicht mehr los und die Gier trieb ihn eines Nachts zu Richmuths Grab. Er öffnete es und war fest entschlossen, der Toten den Ring vom Finger abzuziehen. Kaum aber hatte er den Sargdeckel hochgehoben, wurde er bleich vor Schreck. Denn er sah, dass der Leichnam die Hand zusammendrückte und aus dem Sarg klettern wollte. Zutiefst erschrocken floh der Totengräber. Die Frau aber befreite sich von den Grabtüchern, kletterte aus dem Sarg und aus der Grabhöhle und begab sich schnurstracks zu ihrem Haus. Sie rief den alten Hausknecht beim Namen, rief, er solle schnell die Haustür öffnen, und erzählte mit wenigen Worten, was ihr widerfahren war.

Der Hausknecht aber ging zu seinem Herrn und sagte: »Unsere Frau steht unten vor der Tür und will eingelassen werden.«

»Ach«, sagte der Herr, »das ist unmöglich. Ehe das möglich wäre, würden eher meine Schimmel oben auf dem Heuboden stehen.«

Kaum hatte er ausgeredet, hörte er ein Trappeln auf der Treppe und auf dem Boden. Er sah nach – alle sechs Schimmel standen oben beisammen.

Währenddessen hatte die Frau immer wieder geklopft und gerufen. Jetzt glaubte der Bürgermeister, dass sie wirklich da sei. Mit Freuden öffnete er die Tür, umarmte sie und brachte sie vollends zum Leben. Am anderen Tag schauten die Pferde immer noch aus dem Bodenloch. Man musste ein großes Gerüst anlegen, um sie wieder heile nach draußen zu bringen.

Zum Andenken an diese Geschichte stopft man Pferde aus, die aus diesem Haus zum Boden herausgucken. Auch sind sie in der Apostelkirche gemalt. Hier wird außerdem ein langer Vorhang aus Leinen gezeigt, den Frau Richmuth später selbst gesponnen hat. Sie lebte noch sieben gute Jahre.

Die Richmodis-Sage geht ursprünglich auf eine aus Flandern stammende Wandersage zurück. Die 1499 gedruckte Koelhoff'sche Chronik berichtet auf Blatt 286 unter Anno Domini 1400: »wie ein vrauwe zo Coellen, die gestorven ind begraven was ind weder upgegraven levendich (lebendig) wart«, in der der Name der Frau noch nicht genannt wird. Die Geschichte der Familie Aducht wurde dann 1645 von Aegidius Gelenius in seinem in Köln erschienenen Buch ›Von der bewundernswürdigen heiligen und bürgerlichen Größe Kölns‹ (De admiranda sacra et civili magnitudine Coloniae) erstmals erwähnt. Später wurde auf einem Kupferstich nach einer Tafel in der Apostelnkirche um 1650 die ›wiederauferstandene‹ Frau als ›Richmuth von der Adoicht‹ aus der Patrizierfamilie Lyskirchen bezeichnet. An beiden Stellen wurde dieses Ereignis für das Jahr 1357 angegeben.

Die Heinzelmännchen zu Köln

Man erzählt sich, dass es vor vielen Jahren in Köln ein kleines Völkchen gegeben hat, das als Heinzelmännchen wohlbekannt war. Diese ganz besondere Art Hausgeister erledigte die liegen gebliebene Arbeit der Menschen. Und es blieb einiges liegen. Ganz heimlich in der Nacht, wenn alles schlief, verrichteten sie deren Arbeit. Nein, sie wollten nicht gesehen werden. Voller Dankbarkeit nahmen die Bürger diese Hilfe an. Der Menschen Sorgen waren vergessen und sie konnten am Abend beruhigt zu Bett gehen.

Aber Neugier hat seinen Preis: Denn eines Tages spielte die Frau des Schneiders den Heinzelmännchen einen hinterlistigen Streich. Sie wollte diese Wesen einmal sehen und ihre Neugier war groß. Gegen Mitternacht, als die Heinzelmännchen auftauchten, um ihre Arbeit zu verrichten, lärmte es mit lautem Getöse in der Werkstatt des Schneiders. Die Frau des Schneiders hatte Erbsen auf der Treppe ausgeschüttet und jetzt purzelten die Heinzelmännchen nacheinander die Treppe hinunter und blieben unten liegen. Die Frau lachte und lachte, sie konnte gar nicht wieder damit aufhören und endlich sah sie die kleinen Hausgeister und verspottete sie voller Hohn. Die Heinzelmännchen standen leise auf, waren sehr traurig und machten sich in die dunkle Nacht davon. Sie verschwanden für immer. Am nächsten Morgen, als die Bürger Kölns erwachten, war die liegen gebliebene Arbeit nicht getan. Ab nun mussten jeden Tag die Menschen ihre Arbeit wieder alleine erledigen. Eine heimliche Hilfe gab es nicht mehr.

Wie war zu Cölln es doch vordem
mit Heinzelmännchen so bequem!
Denn, war man faul, man legte sich
hin auf die Bank und pflegte sich:
Da kamen bei Nacht,
eh' man es gedacht,
die Männlein und schwärmten
und klappten und lärmten
und rupften
und zupften
und hüpften und trabten
und putzten und schabten
und eh ein Faulpelz noch erwacht,
war all' sein Tagewerk bereits gemacht!

Die Zimmerleute streckten sich
hin auf die Spän' und reckten sich.
Indessen kam die Geisterschar
und sah, was da zu zimmern war.

Nahm Meißel und Beil
und die Säg' in Eil,
sie sägten und stachen
und hieben und brachen,
berappten
und kappten,
visierten wie Falken
und setzten die Balken.
Eh sich's der Zimmermann versah,
klapp, stand das ganze Haus schon fertig da!

Beim Bäckermeister war nicht Not,
die Heinzelmännchen backten Brot,
die faulen Burschen legten sich,
die Heinzelmännchen regten sich
und ächzten daher
mit den Säcken schwer!
Und kneteten tüchtig
und wogen es richtig
und hoben
und schoben
und fegten und backten
und klopften und hackten.
Die Burschen schnarchten noch im Chor,
da rückte schon das Brot, das neue, vor!

Beim Fleischer ging es just so zu:
Gesell' und Bursche lag in Ruh.
Indessen kamen die Männlein her
und hackten das Schwein die Kreuz und Quer.

Das ging so geschwind
wie die Mühl' im Wind.
Die klappten mit Beilen,
die schnitzten an Speilen,
die spülten,
die wühlten
und mengten und mischten
und stopften und wischten.
Tat der Gesell die Augen auf
wapp, hing die Wurst schon da zum Ausverkauf!

Beim Schenken war es so: Es trank
der Küfer, bis er niedersank,
am hohlen Fasse schlief er ein.
Die Männlein sorgten um den Wein
und schwefelten fein
alle Fässer ein.
Und rollten und hoben
mit Winden und Kloben
und schwenkten
und senkten
und gossen und panschten
und mengten und manschten.
Und eh der Küfer noch erwacht,
war schon der Wein geschönt und fein gemacht.

Einst hatt' ein Schneider große Pein,
der Staatsrock sollte fertig sein;
warf hin das Zeug und legte sich
hin auf das Ohr und pflegte sich.

Da schlüpften sie frisch
in den Schneidertisch;
sie schnitten und rückten
und nähten und stickten
und fassten
und passten
und strichen und guckten
und zupften und ruckten
und eh mein Schneiderlein erwacht,
war Bürgermeisters Rock bereits gemacht.

Neugierig war des Schneiders Weib
und macht sich diesen Zeitvertreib:
streut Erbsen hin die andre Nacht.
Die Heinzelmännchen kommen sacht:
Eins fährt nun aus,
schlägt hin im Haus,
die gleiten von Stufen,
die plumpen in Kufen,
die fallen
mit Schallen,
die lärmen und schreien
und vermaledeien!
Sie springt hinunter auf den Schall
mit Licht: husch, husch, husch, husch verschwinden all!

O weh! Nun sind sie alle fort
und keines ist mehr hier am Ort!
Man kann nicht mehr wie sonsten ruh'n,
man muss nun alles selber tun!

Ein jeder muss fein
selbst fleißig sein
und kratzen und schaben
und rennen und traben
und schniegeln
und biegeln
und klopfen und hacken
und kochen und backen.
Ach, dass es noch wie damals wär'!
Doch kommt die schöne Zeit nicht wieder her!

Der Heinzelmännchenbrunnen steht ganz in der Nähe des Doms gegenüber dem ältesten Brauhaus von Köln, dem Früh, in der Straße Am Hof. Er wurde in den Jahren 1897 bis 1900 vom Architekten Heinrich Renard (1868–1928) und seinem Vater, dem Bildhauer Edmund Renard dem Älteren (1830–1905), gestaltet, auch wenn dieser eigentlich eher der religiösen Kunst verpflichtet war. Der Brunnen wurde vom Kölner Verschönerungsverein aus Anlass des 100. Geburtstags von August Kopisch (1799–1853) gestiftet. Die Originalskulptur der Schneidersfrau ist im Zeughaus Köln ausgestellt und hier durch eine der Verwitterung besser widerstehende Kopie ersetzt.

Das Grubengespenst von Kupferdreh

In Kupferdreh bei Essen geht das Stollengespenst um – und zwar im Himmelsfürster Erbstollen. Das ist ein wahrlich ruheloser Geist. Zu seinen Lebzeiten hat er den Bergleuten reichlich Unrecht an Lohn und Leben getan, sodass er nun ohne Ende und immerzu durch die Tiefen der Erde wandern muss, um seine Schuld zu sühnen. Wenn er sich bewegt und sich mit großer Mühe durch die Stollen schleppt, rasseln die Ketten an seinen Händen und Füßen und durch die Grube geht ein Gestöhne, dass das Gestein bebt und den Bergleuten das Blut in den Adern stockt. Dann erstirbt im ganzen Umkreis jedweder Laut. Man kann nur das schnellere Hämmern der Arbeitenden hören. Es dauert, bis das Geklirre und Geschlurfe irgendwann verebbt und die klagende Stimme in der Finsternis verschwindet. Dann aber sehen sich die Knappen an und wischen sich den Schweiß von der Stirn. Es ist seltsam – aber so häufig ihnen das Gespenst auch erschienen ist, niemand kann es später beschreiben. Es ist so: Es zeigt seine Gestalt nur, wenn es gerufen wird, und dann ist es so grausig anzusehen, dass sein bloßer Anblick Irrsinn und Tod bewirkt.

Es geht die Sage, dass ein tollkühner Knappe deswegen sein Leben lassen musste. Eines Mitternachts arbeitete er noch und hörte das unheimliche Lärmen, das näher und näher herankam. Er sah die Furcht in den Augen seiner Kameraden, er gewahrte ihr Schweigen. Da fassten ihn Übermut und Prahlerei, er wollte sich beherzt zeigen. Laut lachend rief er in das Dunkel hinein: »So komm doch näher, du Troll, und zeige dich!«

Noch im selben Augenblick ertönte ein tiefes Grollen aus dem Felsen. Es wurde zu einem furchtbaren Donner und war von bläulichen Flammen begleitet, die hoch aufzüngelten. Und mittendrin im Schein der Flammen stand das Stollengespenst. Der Knappe aber nahm es nur mit einem einzigen schnellen Blick wahr, dann verwirrte sich sein Geist. Drei lange Tage lag er mit hohem Fieber und in tiefer geistiger Umnachtung und redete in Grauen von dem, was er gesehen hatte, aber nicht in Worten auszudrücken wusste. Dann starb er, ohne noch einmal das Bewusstsein wiedererlangt zu haben. Seitdem aber wurde das Stollengespenst nie wieder von einem Bergmann gerufen.

Die Zeche Himmelsfürster Erbstollen lag im Deipenbecktal 2–4. Dort befindet sich noch ein zum Wohnhaus umgestaltetes ehemaliges Zechengebäude.

Bruder Guardian und die Chorstühle in St. Agnes zu Hamm

Sicher weiß jeder, der in Hamm lebt, dass die Agneskirche die einstige Klosterkirche des Hammer Franziskanerklosters von früher ist. Aber dass die Franziskaner von den milden Gaben der Hammer Bürger und der Bauern aus der Umgebung lebten, wissen nur wenige, und dass jener Bruder, der die Gaben für das Kloster einsammeln musste, fälschlich Bruder Guardian genannt wurde, wissen kaum welche, aber dass einer von diesen vielen Guardians, die das Kloster durch die Jahrhunderte hatte und um milde Gaben aussandte, ein richtiger Bruder Lustig war, ja, dies haben wohl nur recht wenige gehört.

Er hatte es raus, dieser lustige Bruder Guardian. Allüberall war er beliebt und durch seinen Witz gelang es ihm oft, sogar die versteckten Beutel der Geizkragen und Knauserer zu öffnen. Eine solch zugeknöpfte Tasche war auch der damalige Besitzer vom Haus Heeßen, den man Graf von Heeßen nannte. Den hatte der Bruder Guardian einmal tüchtig zur Ader gelassen. Und das trug sich so zu:

Bruder Guardian kam einmal auf das Haus Heeßen zu. Hier begegnete ihm der Graf, zusammen mit Jäger und Hund, und wollte zur Jagd. Leutselig fragte er: »Na, Bettelbruder, willst was haben? Es gibt aber nichts!«

»Aber, Herr Graf, denkt doch an das Himmelreich! Bedenkt, Christus wird am letzten Gericht fragen, ob …«

»Ach, welch Papperlapapp. Aber …«, der Graf lachte heimlich, »könnt ihr schießen, Bruder, wenn, kommt mit. Was ihr trefft, soll dem Kloster gehören!«

Bruder Guardian ging mit. Die Jäger lachten über den Bruder und machten ihre Witze mit ihm. Der Bruder machte sich nichts daraus. Tapfer blieb er niemandem ein Wort schuldig. Im Wald hörte man an der Stelle, wo der Bruder stand, ihn schießen und schreien. Hoch erstaunt über diesen tüchtigen Nimrod ritt der Graf zu ihm. »Bruder, ihr schießt ja, dass man ganz neidisch wird. Habt Ihr denn schon etwas getroffen? Zeigt her, oder treffen die Barfüßler nur von der Kanzel aus das Richtige?«

»Herr Graf«, rief der Bruder, »seht her, diesen Eichbaum traf ich, und diesen und diesen …«, und zeigte ihm und den anderen, dass er alle dicken Eichbäume angeschossen hatte.

Der Graf hatte sein Wort gegeben und musste die Eichbäume schweren Herzens dem Kloster überlassen. Den schlauen Bruder lud er nie wieder zur Jagd ein. Aus den Eichen wurden die Chorstühle in St. Agnes gemacht.

Das Observantenkloster St. Agnes wurde 1455 von den Franziskanern gegründet. Die Statuten des Klosters sahen vor, dass dort maximal zwölf Mönche leben durften. Erster Guardian des Klosters war Cornel von Gouda. Am 16. Juli 1824 verfügte König Friedrich Wilhelm III. von Preußen die Aufhebung des Franziskanerklosters in Hamm. Es befand sich auf dem Gelände der heutigen Marienschule an der Franziskanerstraße. Guardiane sind vergleichbar mit Äbten in anderen Ordensgemeinschaften.

Die Klosterkirche der Franziskaner wurde am 21. Mai 1515 der Heiligen Agnes geweiht. Der Oberhof Heessen wurde zuerst im Jahr 975 urkundlich als Erbgut des Bischofs von Münster erwähnt. Um 1200 gelangte die Anlage an die Grafen von Altena-Mark.

Der Teufel als Onkel

Ein Bote, der zwischen Schwerte und Hamm ging, gab vor sehr vielen Jahren sein ganzes Geld einem Wirt in Verwahrung. Der aber nahm es sich selbst und legte dem Boten allerlei Zeug aus Zinn in den Sack, so viel davon, wie das Geld gewogen hatte, und klagte ihn noch dazu des Diebstahls an dem Zinn an. Daraufhin wurde der Bote zum Tode verurteilt. Sein letzter Tag brach an. Er saß in seiner Zelle im Gefängnis, da klopfte der Böse an und versprach, ihn zu befreien. Er brauche sich nur ihm ganz zu verschreiben. Der Bote lehnte das Angebot ab, lieber wollte er unschuldig sterben, als das tun. Da sagte der Teufel: »Ich sehe, dass du ein ehrlicher Gesell bist, und ich will dich befreien, auch ohne dass du nun mein Eigen wirst, denn ich bekomme doch den anderen!« Er sagte ihm auch, wie er ihm helfen wolle, und belehrte ihn, was er zu tun habe.

Der letzte Tag kam. Der Bote wurde zum Galgen geführt. Schon stand er fast oben auf der Leiter, da drehte er sich um und sah von Weitem einen Reiter in einem scharlachroten Mantel heraneilen. »Da kommt mein Onkel«, sagte der Bote, eben so, wie der Teufel es ihm gesagt hatte. »Lasst mich einige Worte mit ihm sprechen!« Man erlaubte es ihm und der Bote flüsterte mit dem roten Reiter, der jedoch nicht sein Onkel, sondern der Teufel war. Auf einmal rief dieser laut: »Mein Vetter ist unschuldig und der Wirt hat meinen Vetter bestohlen!«

Der Wirt schrie zurück: »Das sind Lügen, der Bote hat mich bestohlen!« Da stellte sich der Satan vor ihn hin und fragte: »Soll dich der Teufel holen, wenn du lügst?« Der Wirt antwortete keck mit Ja. Da ergriff ihn der Rotmantel flugs beim Kragen und verschwand mit ihm durch die Lüfte. Endlich erkannten alle, dass der Bote unschuldig war. Er wurde freigesprochen, auch erhielt er sein Geld wieder, das man im Hause des Wirtes fand.

Die falschen Richter

Der heilige Anno, Bischof zu Köln, bestrafte falsche Richter, die gegen ein Weib Unrecht gesprochen hatten. Er ließ allen die Augen ausstechen bis auf einen, dessen Vetter er war. Anno befahl, dass diesem ein Auge erhalten bleiben solle, damit er die anderen Blinden nach Hause führen könne.

Und damit keiner solche Taten vergaß, damit sich die Folgen in das Gedächtnis jener eingrub, die derlei taten, ließ er auf die Häuser aller Richter leimerne Köpfe mit ausgegrabenen Augen setzen. Die Vorübergehenden erschraken sehr und eilten schnell weiter.

Anno II. von Köln (auch Hanno von Köln) war Erzbischof von Köln in der Zeit zwischen 1056 und 1075 sowie von 1063 bis 1065 Regent des römisch-deutschen Reiches. Er ist ein Heiliger der katholischen Kirche. Er soll asketisch gelebt haben, hatte ein ehrwürdiges Auftreten und war gleichzeitig ehrgeizig und auch skrupellos. Als Erzbischof von Köln war er gegenüber Reformbestrebungen offen, aber stets und zuallererst darauf bedacht, die Besitztümer der Kölner Diözese zu mehren.

Der Knüppelhund

Des Nachts lässt sich in so manchen Orten an der Ruhr und auch in anderen Gegenden Westfalens ein großer Hund sehen. Am Hals trägt er einen großen Knüppel und deshalb nennt man ihn den Knüppelrüden, den Knüppelhund. Es ist ein friedliches Tier – solange man es in Ruhe lässt.

In Schwerte läuft auch solch ein Hund von abends bis in die Morgendämmerung hinein durch alle Straßen. Einst waren in der Mähestrecke Leute nachts in einem Hause beim Dreschen. Da hörten sie vor der Tür etwas rascheln, es klang, als wenn der Knüppelhund langsam vorbeikäme. Ein Drescher, der sich darauf verließ, dass auch jetzt die untere Scheunentüre verschlossen war, rief durch das Schlüsselloch: »He Knüppelhund, wo willst du denn hin?« Da wurde das Tier wütend, sträubte seine Haare, machte sich größer und wuchs so schnell, dass es fast im gleichen Augenblick die Vorderfüße oben auf die Scheunentüre legte. Als die Drescher und anderen Arbeiter voller Furcht davonliefen und in eine Kammer oben im Hause flüchteten, da wurde das Tier noch größer und legte nun seine Füße in das Kammerfenster hinein und schaute mit glühenden Augen durch die Scheiben. Der riesige Hund sah die Angst der Leute. Da tat er niemandem etwas und ging nach einer Weile ruhig wieder weiter.

Schwerte liegt im Kreis Unna in Nordrhein-Westfalen. Schon 962 wird die Stadt von Engelbert, dem Abt der Abtei Werden, als Suerte erwähnt. Im Jahr 1419 tritt die Stadt dem Hansebund bei.

Interessant ist das Schwerter Schichtwesen, welches 1565 zum ersten Mal beurkundet wurde. Es ist eine Form der organisierten Nachbarschaftshilfe für jeweils einen abgegrenzten Bereich innerhalb der Stadt. Den einzelnen Schichten standen Schichtmeister vor, die über ihre Arbeit Rechenschaft in den Schichtbüchern ablegten. Das älteste zu Beginn des 21. Jahrhunderts erhaltene Schichtbuch (Schicht 8) stammt aus dem Jahr 1715.

Die Geisterandacht

In den alten Klosterruinen zu Saarn (Mülheim-Ruhr) ruft um Mitternacht der Abt die Nonnen zusammen, um gemeinsam den Gottesdienst zu feiern. Paarweise kommen sie und wanken durch den langen Kreuzgang, bleich sind sie und schwanken singend zum Altar. Über diesem leuchtet mit einem Mal ein heller Schein. Gleichzeitig naht durch die finsteren, schweigenden Gänge eine Jungfrau. Sie entsagte der Welt, um ihre Unschuld zu retten. Sie kommt näher und nähert sich den lichten Hallen, kniet auf dem Boden und fleht um Gnade und rettendes Erbarmen. Ein Priester steht vor dem Altar; draußen hört der Nachtsturm auf und schweigt. Eine große Stille legt sich über den weiten Raum. Des Priesters silberne Haare wallen lang auf sein Lichtgewand. Musik von Geistern ist zu hören und segnend erhebt der Geistliche seine Hand. Er fleht um Frieden, der auf die Nonnen niedergehen solle. Die Betenden erheben sich und wandern stumm durch den Kreuzgang zurück in ihre Gräber. Auch die Jungfrau folgt dem Geisterzug, um auch auf dem Friedhof in ihrem Grabe verschwinden zu können. Auch ihr Herz fand, was es begehrte: beseligenden Frieden.

Das Kloster Saarn ist eine ehemalige Zisterzienserinnen-Abtei in Mülheim an der Ruhr im Stadtteil Saarn. Die gut erhaltene und restaurierte Klosteranlage weist Baubestandteile vom 13. bis zum 19. Jahrhundert auf. Sie wurde als Kloster Mariensaal (Aula sanctae Mariae) aller Wahrscheinlichkeit nach 1214 zusammen mit dem ebenfalls als Mariensaal bezeichneten späteren Kloster Eppinghoven bei Kaarst zunächst als Doppelkloster gegründet. In den ersten beiden Jahrzehnten standen beide Konvente unter der

Leitung der gemeinsamen Äbtissin Wolberna. 1237 kam es zur Teilung des Güterbesitzes von Saarn und Eppinghoven. Im 17. Jahrhundert wurde es zu einem freiadeligen Stift. 1808 wurde das Kloster aufgelöst.

Heute ist das einstige Kloster Saarn eine viel besuchte Begegnungsstätte und die Reihe ›Musik im Kloster Saarn‹ hat eine überregionale Bedeutung. Es gehört zur Route der Industriekultur (Themenroute 12 – Geschichte und Gegenwart der Ruhr).

Museum Kloster Saarn, Klosterstraße 53, 45481 Mülheim an der Ruhr

Tipps fürs Leben aus vergangener Zeit

Eine Näherin, die an einem Totenhemd arbeitet, beiße ja nicht den Faden mit den Zähnen ab, sonst werden die Zähne faul und fallen ab. (Honcamp in Büren)

Wenn bei einem Leichenbegräbnis ein Mann zuerst dem Zuge begegnet, so wird zunächst ein solcher aus dem Dorfe sterben, wenn aber eine Frau, eine solche.

~

Quellennachweis

Bechstein, Ludwig: Deutsches Sagenbuch, 1. Auflage, Leipzig 1853.

Brinkmann, Georg: Sagensammler wie »Die Sage von der Pfaffenkammer und der Rethwelle«.

Büsching, Johann Gustav: Volks-Sagen, Märchen und Legenden, 1. Auflage, Leipzig 1812.

Grimm, Jakob und Wilhelm: Deutsche Sagen, 3. Auflage, Kassel 1816/18.

Grässe, Johann Georg Theodor: Sagenbuch des Preußischen Staates 12, Bd. 1, o. A., Glogau 1868/71.

Grässe, Johann Georg Theodor: Sagenbuch des Preußischen Staats, Bd. 1, Westphalen, Glogau 1868/71.

Günther, J.: Großes poetisches Sagenbuch des deutschen Volks mit erklärenden historischen und geographischen Anmerkungen, 1. Auflage, Jena 1844.

Kopisch, August: Gedichte, 1. Auflage, Berlin 1836.

Kuhn, Adalbert: Sagen, Gebräuche und Märchen aus Westfalen und einigen andern, besonders den angrenzenden Gegenden Norddeutschlands 1–2, Bd. 1, 1. Auflage, Leipzig 1859.

Pröhle, Prof. Dr. Heinrich: Deutsche Sagen, 2. neu bearbeitete Auflage, Berlin 1879.

Redecker, o. A.: Westphälische Provinzial-Blätter, Verhandlungen d. Westphälischen Gesellschaft zur Beförderung der Vaterländischen Cultur, 1. Auflage, Minden 1830.

Schambach und Müller, Georg und Wilhelm: Niedersächsische Sagen und Märchen, 1. Auflage, Göttingen 1855.

Seiler, Josef: Volkssagen und Legenden des Landes Paderborn, o. A., Kassel 1848.

Seyfried, Johann Heinrich: Medulla mirabilium naturae, (Auserlesene unter den Wundern der Natur allerverwunderlichste Wunder), o. A., Nürnberg 1679.

Stüve, Dr. J.C. B. (Hrsg.): Mittheilungen des Historischen Vereins zu Osnabrück, o. A., Osnabrück 1853.

Vincke, Gisbert Freiherr von (Hrsg.): Sagen und Bilder aus Westfalen, Hamm 1856.

Vormbaum, Friedrich: Die Grafschaft Ravensberg und die Stadt und vormalige Abtei Herford, o. A., Leipzig 1864.

Vos, Weinand, 35: nach Heinrich Kämpchen, Neue Lieder, Gedichte Bd. 2, Bochum 1904.

Weddigen und Hartmann, Otto und Hermann: Der Sagenschatz Westfalens, o. A., Adalbert, Minden i. Westfalen 1884.

Wehrhan, Karl: Westfälische Sagen, o. A., Leipzig 1934.

Weyden, Ernst: Kölns Legenden, Sagen, Geschichten, nebst Volksliedern, Schwänken, Anekdoten, 1. Auflage, Köln 1839.

wikipedia.org/wiki/Geschichte_Westfalens

www.museumvechta.de, Sagen

Zeiller, Martin: Itinerarium Germaniae nov, antiquae. Teutsches Reyßbuch durch Hoch- vnd Nider Teutschland, o. A., Straßburg 1632.

Ziehnert, Widar: Sachsens Volkssagen, Bd. 1, o. A., Leipzig 1839.

Geheimnisvolle Schauplätze im schönen Westfalen, wo die Sagen und Legenden beheimatet sind

1 Ahmsen
2 Alverdissen
3 Attendorn
4 Ärzen
5 Bad Salzuflen
6 Bentdorf
7 Bergkirchen
8 Bielefeld
9 Billerbeck
10 Blomberg
11 Borgholzhausen
12 Büren
13 Corvey
14 Das heilige Meer bei Ibbenbüren
15 Detmold
16 Dornberg
17 Dortmund
18 Dringenberg
19 Dörenther Klippen bei Ibbenbüren
20 Dümmer
21 Enger
22 Externsteine
23 Freckenhorst
24 Freren
25 Gehrden im Kreis Warburg
26 Goldbeck
27 Haddorf bei Wettringen
28 Halle
29 Hameln
30 Hamm
31 Hartum bei Minden
32 Hattingen
33 Hegensdorf
34 Heiligenkirchen
35 Herford
36 Hermannsberg
37 Hessisch-Oldendorf
38 Hiddesen
39 Hille
40 Holtensen bei Pyrmont
41 Horn
42 Höxter
43 Kloster Bödecken
44 Kloster Dalheim bei Lichtenau
45 Kohlstedt
46 Kreuztal
47 Köln
48 Köterberg
49 Kupferdreh bei Essen
50 Laer
51 Lemgo
52 Lengerich
53 Lienen
54 Lippstadt
55 Lübbecke
56 Lügde
57 Lüdinghausen
58 Mettingen
59 Münster
60 Paderborn
61 Petershagen
62 Pyrmont
63 Raesfeld
64 Ravensberg
65 Rheder an der Nethe
66 Riesenbeck
67 Saarn
68 Scharfenberg bei Brilon
69 Schloss Nordkirchen
70 Schwerte
71 Siddinghausen bei Büren
72 Soest
73 Speldorf
74 Tecklenburg
75 Uchte
76 Vechta
77 Wildeshausen
78 Witten

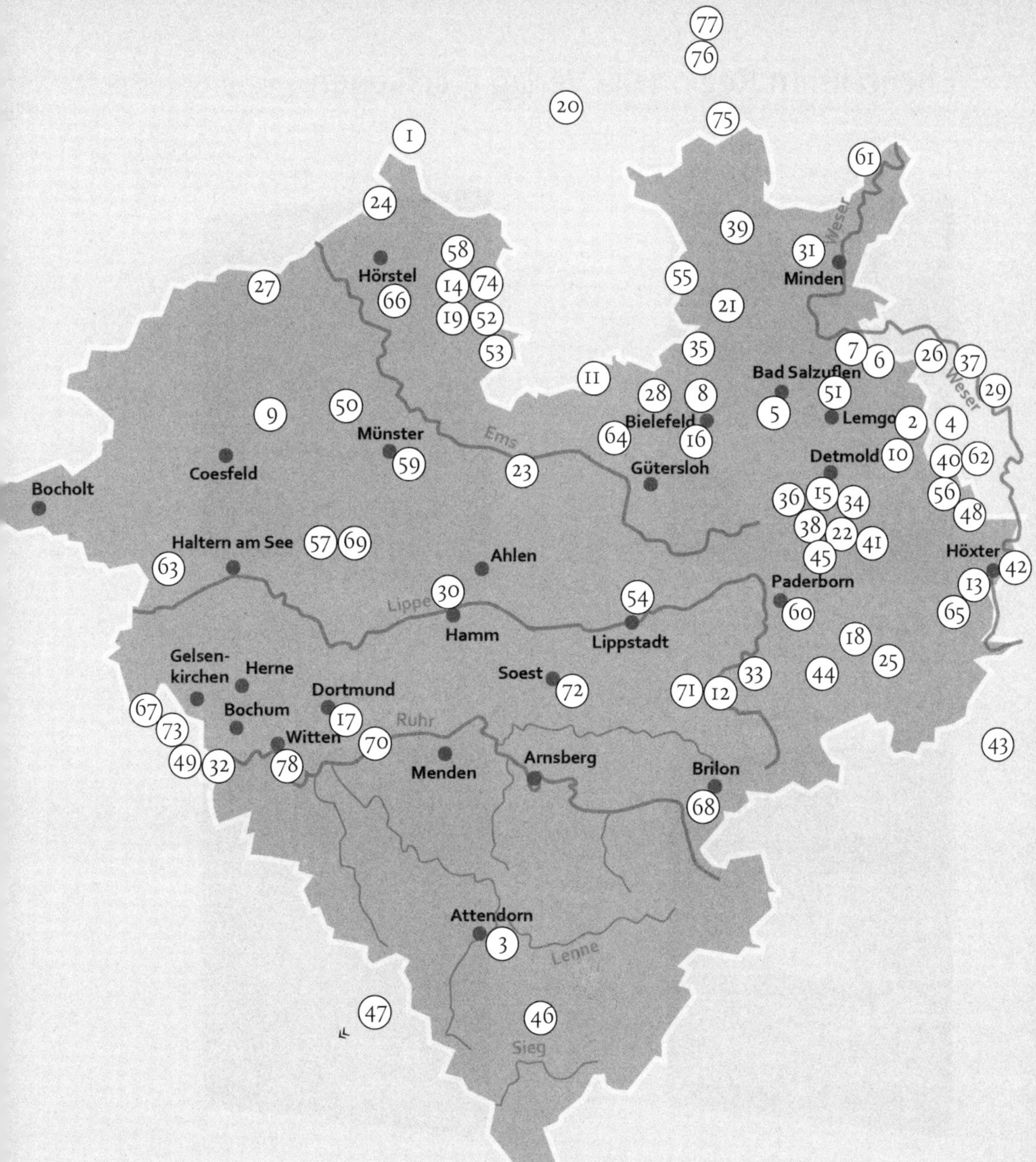
Hörstel
Minden
Bad Salzuflen
Lemgo
Bielefeld
Gütersloh
Detmold
Münster
Coesfeld
Bocholt
Ems
Weser
Haltern am See
Ahlen
Höxter
Paderborn
Lippe
Hamm
Lippstadt
Gelsen-
kirchen
Herne
Dortmund
Soest
Bochum
Ruhr
Witten
Menden
Arnsberg
Brilon
Attendorn
Lenne
Sieg

Ebenfalls im Regionalia Verlag erschienen:

ISBN 978-3-95540-359-1

ISBN 978-3-939722-23-6

ISBN 978-3-939722-62-5

ISBN 978-3-95540-356-0

Jeweils 160 Seiten • 16,5 × 19,8 cm • Hardcover